1004

할아버지 말고 할머니 이야기

DIE OMA IM DRACHENBAUCH
by Gudrun Pausewang

ⓒ 2010 Gerstenberg Verlag, Hildesheim, Germany

Korean Translation Copyright ⓒ 2012 by JoongAng Books
All rights reserved.
The Korean language edition is published by arrangement
with Gerstenberg Verlag through MOMO Agency, Seoul.

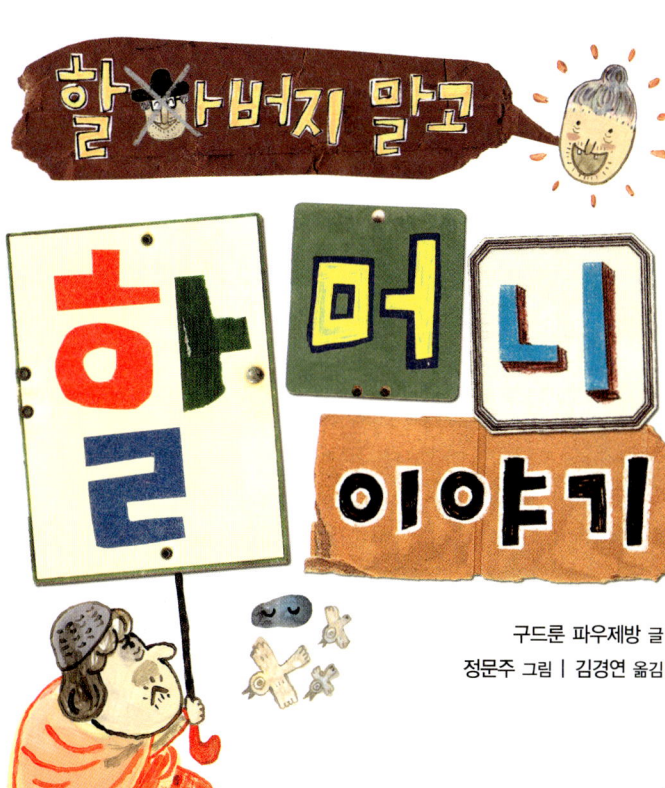

할아버지 말고 할머니 이야기

구드룬 파우제방 글
정문주 그림 | 김경연 옮김

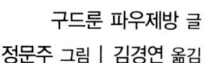

주니어중앙

| 차례 |

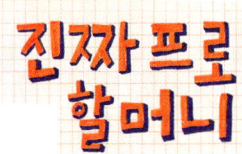
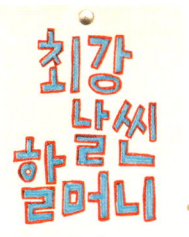

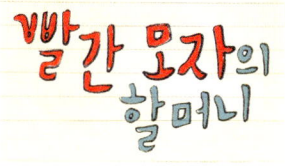

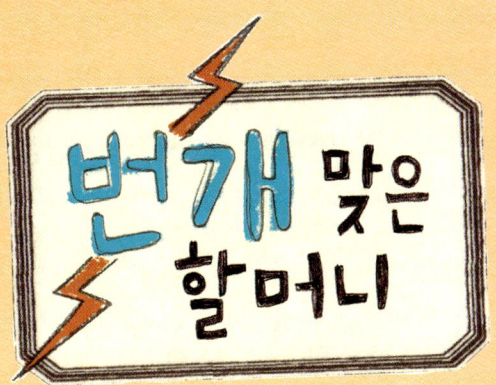

이다 할머니는 방 두 개짜리 작은 노인 아파트에서 사는데, 이따금 여기저기 쑤시고 결리고 아프다며 한탄하곤 해.

4월 어느 날이었어. 할머니가 공원을 산책하고 있는데 천둥이 치는 거야. 소나기가 올 모양이었어. 하지만 할머니는 늘 그렇듯 오늘도 우산을 갖고 나왔지. 사람 일은 절대 모르는 법이니, 뭐든 확실한 것이 좋잖아. 그래도 할머니는 걸음을 재촉했어. 천둥이 치며 비가 오는 건 무서웠거든.

그때 번개가 번쩍하더니, 구름에서부터 이다 할머니한테 수직으로 떨어지는 거야. 할머니는 놀라서 우산을 떨어뜨렸지.

하지만 말이야, 할머니는 쓰러지지도 죽지도 않았어. 다만, 몸속에서 아주 부드럽게 간질거리는 느낌을 받았을 뿐.

"운이 좋았구나."

할머니는 마음이 가벼워져 얼른 자리를 떴어. 우산은 까맣게 잊어버린 채 말이지.

그런데 다음날 할머니는 아픈 곳이 없어졌어. 그다음 주에는 하얀 머리털이 갈색이 되었고, 틀니도 가만히 있지 않았어. 이가 자라며 틀니를 들어 올렸기 때문이야. 할머니는 틀니를 쓰레기통에 던져 버리고 다시 자기 이를 쓰기 시작했어.

주름살도 펴졌어. 거울을 들여다본 할머니는 자신을 알아볼 수 없었지.

이다 할머니는 시내에서 살 집을 구해서 다시 예전처럼 간호사가 되어 일을 했어. 이제는 등이 굽지도 않았어. 한 주 한 주 지날수록 점점 더 기운이 나지 뭐야. 그 다음 남편의 장례를 치렀는데, 그 다음에는 남편이 다시 살아 있는 거야. 직업은 교사였고 이름은 후고였던 남편 말이야. 방학이 되자 두 사람은 마요르카 섬에서 휴가를 보냈어.

"이다, 당신은 점점 젊어지는구려."

후고가 말했어. 이다 할머니, 아니 이다 아주머니도 그렇게 생각했어. 다만 뭔가가 그리운 거야. 그래서 늘 마음이 편하지 않았지. 하지만 아무리 생각해도 그것이 무엇인지 떠오르지 않았어.

이다와 후고는 오랫동안 함께 살면서 직장에도 나가고 휴가도 갔어. 두 사람 다 점점 날씬해졌지.

갑자기 전쟁이 한창이었어. 후고는 찢어지고 더러운 군복을 입고 떠났다가 오랜 시간이 흐른 뒤 깨끗하고 잘 다림질 된 군복을 입고 건강한 모습으로 미소 지으며 돌아왔어. 두 사람은 결혼식을 올렸어. 그런데 어느 날 후고가 사라졌고 이다는 다시는 그를 보지 못했어. 이다는 간호 대학에서 시험을 치렀고 그 다음 이 시험을 치르기 위해 공부를 했지.

이다는 뭔가가 그리웠지만 그것이 무엇인 지는 여전히 떠오르지 않았어.

이다는 이제 아주 어여쁜 소녀가 되었고 머리를 손질하고 꾸미는 것을 좋아했지. 종종 춤도 추러 갔어. 엄마 아빠도 살아 계시지 뭐야. 두 분이 이다를 다정하게 돌봐 주었어.

그 다음 기이한 일이 일어났어. 이다가 더 어려진 거야! 그런 자신에게 익숙해지기까지는 시간이 좀 걸렸어. 이다는 이제 날마다 가방을 메고 학교에 갔어. 머리를 길게 땋아 늘어뜨리고 말이야. 가슴도 점점 줄어들기 시작하더니 완전히 없어졌어.

이다는 발을 질질 끌며 걸어서 신발이 자꾸 닳아 버렸어. 엄마는 자꾸만 더 작은 신발을 사 주어야 했지. 이다는 일찍 잠자리에 들어야 했고 커피를 마셔서는 안 되었어. 또 산타클로스 할아버지에게 선물을 받지 못할까 봐 걱정했어.

이제 이다의 이가 빠지기 시작했어. 더 작고 더 뾰족한 이들이 자라났어. 땋은 머리가 점점 짧아지고 가늘어졌어. 엄마 아빠의 얼굴을 보려면 고개를 뒤로 젖히든가 엄마 아빠가 허리를 굽혀야 했지.

이다는 생일에서 다음 생일까지의 시간이 점점 길게 느껴졌어. 그러던 어느 날 이다는 학교에 가지 않아도 되었어. 집에서 엄마 아빠랑 함께 있었지. 점점 더 많은 단어들을 잊어버리더니 마침내는 '나'라는 단어도 잊어버렸어. 얼마 지나지 않아기저귀를 차야 했고 규칙적으로 요강에 앉혀졌어. 이제 이다는 걸을 수 없게 되었어. 겨우 서 있거나 앉아 있을 뿐이었지. 마지막까지 알고 있던 두 단어는 '엄마'와 '아빠'였는데, 그것마저 곧 말할 수 없게 되었어. 급기야는 이마저 잇몸 속으로 들어가 버렸단다.

이따금 이다는 악을 쓰며 울었어. 뭔가가 그리웠기 때문이야.

이다는 밤이건 낮이건 작은 침대나 유모차에 누워 있었어. 어른들의 크고 둥근 얼굴들이 이다를 내려다보았어. 이따금 이다는 뭔가 따뜻한 것을 빨아 먹었는데, 아주 맛있는 액체였어. 아직은 젖을 빨아 먹을 수 있었어. 달콤한 액체가 입속으로 흘러들어 왔어.

그리웠던 것이 무엇일까? 이것일까?

그런 다음 누군가 아주 작고 우글쭈글한 벌거숭이 이다의 몸을 씻어 주는 날이 왔어. 그러다 이다는 몸을 잔뜩 옹크리고 있던 곳, 근사하게 어둡고 아늑하고 따뜻하여 더 바랄 나위 없이 행복한 곳으로 들어가려던 바로 직전, 큰 소리로 비명을 질렀어. 마침내, 마침내, 그리워하던 것이 무엇인지 떠올랐지. 그건 바로 우산이었어!

이다는 번개처럼 빨리 다시 자랐어. 자라고 또 자라더니 늙어 갔어. 다시 할머니가 된 이다는 부랴부랴 공원으로 돌아갔어. 우산이 풀밭에서 반짝 빛났어. 이다 할머니가 좋아하는 낡은 우산이.

"운이 좋았군."

이다 할머니는 미소 지으며 우산을 들어 올렸어.

그 순간 이다 할머니는 쓰러져 죽었는데, 근사하게 어둡고 아늑하고 따뜻하여 더 바랄 나위 없이 행복한 느낌이었단다.

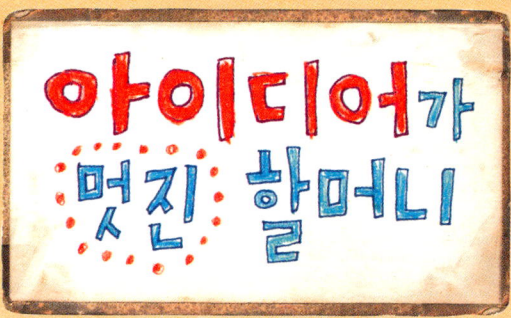

도로테 할머니는 몇 년 전 멋진 아이디어가 떠올랐단다. 바로 일이 주 이상, 말하자면 오랫동안 집을 비운 채 여행을 떠나야 하는 사람들 집을 봐 주자는 생각이었어. 그러면 월세를 절약할뿐더러 돈도 벌 수 있을 테니까.

집을 비워 둔 채 휴가를 가면 마음이 편치 않은 사람들이 있지. 도둑이 창문을 깨고 들어와 귀중품을 몽땅 가져가도 누가 알겠어?

아니면 폭풍이 몰아쳐 지붕 기와가 헐거워질 수도 있고. 그렇게 되면 다락방에 비가 샐 텐데 누가 그걸 알아차리겠니?

아니면 가까이에 있는 강물이 넘칠 수도 있어. 하지만 집에 사람이 없으면 지하실에 물이 차기 전에 누가 물건들을 꺼내

놓겠니?

아니면 태풍이 몰아쳐 지붕이 날아갈 수도 있고.

아니면 우연히 비행기가 정원으로 추락할 수도 있지.

아니면 떠돌이들이 들어와서는 냉장고에 있는 음식들을 먹고 지하실의 포도주 창고에서 포도주를 즐기고 쓰레기를 온 집 안에 흩뿌려 놓을 수도 있고 말이야.

사람들이 도로테 할머니를 부르면 그런 끔찍한 사태를 할머니가 막아 주는 거야. 할머니는 사람들이 휴가를 떠나기 하루 전에 도착해서 손님방에 짐을 풀어. 사람들은 할머니에게 해야 할 일을 모두 일러 주지. 햄스터에게 어떤 먹이를 주어야 하고, 고양이 수염은 어떻게 빗질해 줘야 하는지, 카나리아는 주둥이를 어디에 갈게 해야 하는지. 또 고무나무에 물을 언제 얼마만큼 줘야 하는지, 아프리카 제비꽃이 꽃을 계속 피우게 하려면 얼마나 자주 물을 주어야 하는지도. 그 밖에도 여러 가지를 일러 주는 거야. 그리고 집주인은 할머니에게 열쇠를 넘겨주며 날마다 모든 방을 잠시 환기시켜 달라고, 문 옆에 새로 심은 편도나무에도 물 주는 것을 잊지 말라고, 우편함을 날마다 비워 달라고 부탁하고 떠나.

도로테 할머니는 이 모든 일을 양심적으로 처리하기 때문에

일이 끝날 때 매우 좋은 추천서를 받을 수 있어. 사람들은 또 그런 추천서를 보고 할머니에게 믿고 일을 맡기고.

지난해, 할머니가 어떻게 일 년을 보냈는지 아니? 1월 첫째 주에서 셋째 주까지는 프랑크푸르트 암 마인에서 어떤 교수의 집을 지켰고, 1월 넷째 주에서 2월 둘째 주까지는 아이펠 고원 지대 우르프트 마을에서 교사 부부의 집을 지켰어. 2월의 마지막 두 주일과 3월 첫째 주는 취리히의 제빵사 가족이 스페인의 테네리페 섬에서 휴가를 즐길 수 있도록 집을 돌보았고. 3월 마지막 주와 4월 한 달은 밤베르크의 남극탐험가가 멀리 남극에 가서 얼음 표본을 모으는 동안 그의 집을 지켰어.

도로테 할머니는 이렇게 이 집 저 집 봐 주면서 한 해를 보냈어. 올해의 일정도 벌써 꽉 차 있단다. 사람들은 할머니를 칭찬하며 다른 사람들에게 추천하고 할머니 연락처를 알려주거든. 일이 없어 쉰다고? 그런 건 할머니는 몰라. 신용이 돈을 벌게 해 주는 거야. 중간 중간에 며칠 비는 날이 생기면 할머니는 딸네 집에 가서 함께 지내. 할머니는 딸이 셋인데, 어느 집이든 할머니가 가면 늘 환영이야. 진기한 이야깃거리가 많거든.

그렇지만 12월 마지막 삼 주만큼은 일정을 잡지 않아. 그때는 할머니 자신이 휴가를 간단다. 우리는 겨울이지만 그곳은 여름인 곳으로 말이야.

맞아, 도로테 할머니는 영리해. 자기만의 집은 포기한 지 오래되었어. 자기 집이 필요하지도 않아. 한 번은 이곳에서 살고 한 번은 저곳에서 살고, 이렇게 여러 곳을 옮겨 다니며 많은 체험을 하는 거야.

가령 취리히에서 제빵사 가족의 집을 볼 때는 도둑을 돌처럼 딱딱해진 덩어리 빵으로 때려 도망가게 한 일도 있단다.

남극탐험가의 집을 지킬 때는 말이야, 할머니가 물건을 사러 갔다가 돌아왔는데 떠돌이 세 명이 거실에서 막 편안하게 쉬려던 참이었어. 떠돌이들은 불쑥 나타난 할머니를 보고 놀라 지붕을 넘어 달아났지.

어느 늙은 백작의 성에서 묵을 때는 어떤 일이 있었는지 아니? 현관 안 홀에 있던 고무나무가 갑자기 마구 자라기 시작하더니 홀 안을 가득 채우는 거야. 홀 안이 어둑어둑해지고, 급기야 나무는 천장을 뚫고 위층으로 올라갈 지경에 이르렀어. 그때 할머니는 나무꾼들을 시켜 나무를 쌍둥 베어 버렸지. 베어 낸 가지들은 트레일러트럭이 와서 치웠단다.

할머니는 어떤 일이 일어나도 모두 용감하고 재치 있게 대처하지. 해가 갈수록 할머니는 더 유명해졌어. 이미 '올해의

가장 용감한 여자'로 뽑히기도 했단다. 텅 빈 집, 사람이 살지 않는 집을 밤낮으로 혼자 외로이 지킨다는 것, 누가 감히 엄두를 내겠니?

그럼 도로테 할머니는 어떻게 그리고 어디서 자신의 휴가를 보내느냐고? 바로 집채만큼 거대한 석상들이 엄청나게 큰 눈으로 바다를 바라보고 있는 이스터 섬에서 보낸단다.

할머니는 그동안 번 돈으로 이스터 섬에 커다란 양 우리를 사서는 거기다 흡혈귀를 길러. 처음에는 한 쌍으로 시작했어. 흡혈귀는 어디서 구했냐고? 백작의 성 다락방에서 붙잡았지. 흡혈귀들이 이리저리 날뛰며 시끄럽게 난리 법석을 칠 때, 목덜미나 코트 뒷자락을 잡아 붙잡았어. 그렇게 잡으면 흡혈귀들이 물지 못한다는 건 다 알지?

그 사이에 흡혈귀의 수는 서른여섯이 되었어. 흡혈귀는 기니피그처럼 매우 빠른 속도로 불어나거든. 도로테 할머니가 유럽에서 일에 전념하고 있는 동안, 믿을 만한 관리인 가족이 흡혈귀들을 돌봐 줘.

세상에는 흡혈귀 사육사들이 많지 않지. 위험한 일이잖아. 흡혈귀들은 번개처럼 빠르게 송곳니를 사람의 목동맥에 꽂아 피를 빨아먹을 수 있으니 말이야.

하지만 이미 말했듯이 도로테 할머니는 용감한 부인이야. 그리고 웬만큼 자란 흡혈귀 하나로도 돈을 많이 벌 수 있어.

그래. 도로테 할머니는 용감하기만 한 것이 아니야. 할머니는 돈을 버는 방법도 알지. 역시 사람은 아이디어가 좋아야 해.

무엇이든
모으는 할머니

우리 증조할머니 에르나는 모으는 것을 좋아해. 거의 모든 것을 모아. 다만, 자기가 알지 못하거나 필요하지 않은 것은 모으지 않지.

전쟁 때처럼 형편이 아주 어려운 시절에도 그랬어. 그런데 형편이 어려운 시절에는 필요 없는 것이 거의 없지. 예를 들어 빵을 반죽할 때 넣을 톱밥이 필요할 수 있어. 톱밥을 넣어 반죽하면 빵을 많이 만들 수 있으니까. 아이들의 알록달록한 스웨터를 새로 뜨기 위해서는 쓰다 낡은 털실이 필요할 수도 있지. 아니면 여름 샌들에 밑창을 대기 위해 헌 자동차 타이어가 필요할 수도 있고. 아니면 화장실에서 쓰기 위해 알맞게 자른 신문지가 필요할 수 있고. 맞아. 에르나 증조할머니는 톱밥과

털실, 헌 자동차 타이어와 신문을 모아. 아니, 그것 말고도 훨씬 많은 것을 모으지.

그럼 모으지 않는 게 뭐냐고? 기껏해야 죽은 쥐 정도일 거야. 지금 당장 그것 말고는 생각나지 않아.

우리가 웃으면 할머니는 말했어.

"웃고 싶으면 맘대로 웃으려무나. 하지만 난 아직도 어려웠던 시절을 잊지 못한단다. 난 전쟁도 겪었고 전쟁 뒤의 비참한 시절도 겪었어. 그러면서 무척 많은 경험을 했지. 너희들은 아마 상상도 못 할 거야!"

비가 오든 눈이 오든 월요일만 되면 에르나 증조할머니는 낡은 손수레를 끌고 숲으로 가. 그러고는 마른 나뭇가지들을 모아 수레에 싣고 집으로 돌아오는 거야. 싣고 온 나뭇가지들은 같은 길이로 쪼개 층층이 쌓아 놓아. 낡은 헛간에는 아무것도 더 들여놓을 자리가 없어. 창고 역시 마찬가지야. 이제 할머니는 헛간과 창고 사이에 장작을 둥글게 쌓아 놓았는데, 그게 지름 삼 미터가 되었어.

"에르나 할머니, 그 많은 장작으로 뭘 하시려고요? 기름 보일러를 때시면서!"

나는 이웃집의 슈롤러 씨가 말하는 소리를 들었어.

"석유가 영원히 나오겠소?"

에르나 할머니가 집게손가락을 들어 올리며 대답했어.

"전 세계에 석유가 다 떨어지면 굉장히 어려운 시절이 닥칠 거요. 하지만 이렇게 준비를 해 놓으면 추워서 떨지 않아도 되지 않겠소?"

그런 말을 할 때면 할머니의 목소리에는 늘 승리감이 묻어 있어. 마치 어려운 시절이 닥치기를 기다리는 사람 같아. 하지만 이삼 년 또는 길어도 오 년 뒤 전 세계에 석유가 다 떨어지겠니? 게다가 증조할머니가 살면 얼마나 오래 살겠니? 지난주에 여든네 번째 생신을 축하했으니 말이야.

여름이 되면 할머니는 길 가장자리 풀을 베어 헛간과 창고 사이의 작은 마당에서 말려. 그리고 한 바구니씩 다락방으로 가져가서는 비스듬한 지붕 아래 쌓아 놓아.

"아유, 할머니, 그 많은 건초로 무얼 하시려고요? 소도 염소도 기르지 않으시면서!"

지난여름 이웃집 슈테켈바허 아주머니가 외쳤어.

"어려운 시절이 또 찾아오면 먹을 고기가 있겠소? 난 적어도 토끼 한 쌍으로 그럭저럭 버틸 수 있을 거요. 건초 역시 귀할 테지만, 내 토끼들은 먹을 건초가 충분하지. 그 생각을 하면 마음이 진정된다오."

에르나 증조할머니가 대답했어.

할머니는 해마다 여름부터 가을까지 나무딸기며 블루베리, 엘더베리, 블랙베리를 모아 잼을 만들어. 지하실 선반들에는 잼이 가득 찬 병들이 줄줄이 세워져 있는데, 모두 깔끔하게 잼 이름이 쓰여 있어.

"그런데요, 할머니는 하나도 드시지 않고 모으시기만 하는 것 같아요."

몇 년 전 할머니가 자랑스레 선반마다 가득 찬 잼 병들을 보여 줄 때 나이 사촌 사라가 말했어.

"당연히 안 먹지. 어려운 시절을 대비해서 만들어 놓은 것들이니까. 지금이야 어려운 때가 아니잖니? 슈퍼마켓에 가면 다 있고."

할머니가 대답했어.

할머니는 일주일에 두 번 장을 보러 가는데, 상점이란 상점에는 다 들러서 특별히 싸게 내놓은 물건들이 있는지 살펴봐.

"물건이란 필요할 때 사서는 안 되는 거야. 특별히 싸게 내놓았을 때 사야지. 그리고 그 물건이 필요하게 될 때까지 잘 보관해 두는 거야. 이런 식으로 살면 훨씬 싸게 먹힌단다."

할머니는 종종 그렇게 말해.

그래서 할머니는 세제들도 어마어마하게 많아. 욕실 장은 칫솔과 치약, 비누와 핸드크림으로 가득 차 있어.

"이 모든 것을 다 쓰려면 백오십 살까지 사서야 할 것 같아요, 증조할머니."

한번은 내 사촌 모리츠가 말했어.

"넌 어려운 시절이 뭔지 짐작도 못 할 게다. 어려운 시절에는 그런 물건들도 먹을 것이라든가 다른 생활필수품하고 바꾸기에 좋단다. 너야 그게 무슨 말인지 모르겠지만, 나는 그게 무슨 말인지 잘 안단다."

할머니가 말했어.

할머니는 나에게 알록달록 플란넬 잠옷 열 벌과 눈부신 보랏빛 스웨터 열두 벌을 보여 주었어. 잠옷은 값이 싸서, 스웨터는 너무 튀는 색깔 때문에 할인을 많이 하기에 샀다는 거야. 나는 할머니가 수많은 수납장 어딘가에 초염가 스키 부츠 네 켤레와 슬리퍼 여섯 켤레, 'KISS ME!'라고 쓰여 있는 티셔츠 서른여섯 장을 보관하고 있다는 걸 알고 있어. 장 하나는 온통 양말로 가득 차 있고 또 다른 장 하나는 블라우스, 치마, 남자 셔츠와 바지로 가득 차 있어. 할머니는 무척 싸게 파는 매트리스도 배달시켜.

할머니는 자신을 위해서만 모으는 게 아니야. 우리도 생각해서 아주 여러 가지 치수를 사 모아. 할머니는 자식과 손자 손녀, 증손자 증손녀들 역시 어려운 시절이 닥쳐도 걱정이 없기를 바라는 거야. 만약 물건을 바꿀 일이 생기면 모두 할머니의 치수만 찾을 리는 없잖니.

나도 전염되었어. 지우개와 탁구공을 모으고 있으니 말이야.

얼마 전부터 에르나 증조할머니는 우리가 가도 침실 문을 닫아 놓아. 아마 침실에 물건이 가득 차서 그럴 거야. 우리는 할머니가 꽤 오래전부터 거실 벽난로 앞 소파침대에서 주무셨을 거라고 짐작하고 있어.

거실 역시 산더미처럼 쌓인 상자들 사이로 겨우 움직일 수 있어. 부엌에 가면 국수며 밀가루, 설탕, 소금 봉지, 훈제햄, 베이런 덩어리, 무수히 많은 양념 병들이 발에 걸려. 증조할머니는 정말이지 대비를 안 하는 게 없어.

다락까지 가는 계단 역시 천천히 물건들이 늘어나. 에르나 증조할머니는 계단마다 통조림을 쌓아 놓는데, 할머니 자신만 그 사이로 요리조리 지나다닐 수 있어. 할머니는 자꾸 작아지기 때문이야.

지난 금요일 할머니 생신에 우리는 휴대전화를 선물했어. 복도 전화기는 주위에 쌓아 놓은 봉지며 꾸러미들 때문에 손이 닿지 않는 지경이 되었거든. 우리가 생신을 축하하려고 갔는데 복도의 욕실 문까지밖에 가지 못했어. 거기서 거실까지 가는 길은 물건들이 막고 있었지.

"할머니, 대체 저녁 때 소파침대까지 어떻게 가세요?"

모리츠가 물었어.

"소파침대까지? 난 며칠 전부터 욕조에서 자는걸."

할머니가 되레 놀라며 대답했어.

할머니는 우리들 즉 증손자 증손녀를 카페에 초대해서 토르테(케이크의 일종)를 사 주었어. 더는 먹을 수 없을 정도로 많이 사 주었지. 그런 다음 우리는 각자 집으로 돌아갔어.

그런데 그날 밤, 에르나 증조할머니한테서 전화가 왔어. 잠

을 잘 수 없다면서 잠깐 집에 올 수 없느냐고, 문제가 있다고 하시는 거야.

나는 할머니가 가장 사랑하는 증손녀야. 그러니 싫다고 대답할 수가 없었지. 게다가 할머니가 왜 부르는지 정말 궁금했어. 그러니 갈 수밖에!

집 문은 잠겨 있지 않았어. 들어가 보니 할머니는 욕조에서 매트리스를 깔고 알록달록한 잠옷을 입고 누워 있었어. 내가 나타나자 할머니는 환히 웃으며 나를 바라보았어. 하지만 내가 욕조 앞에 무릎을 꿇고 무슨 문제냐고 묻자 슬픈 얼굴이 되었어.

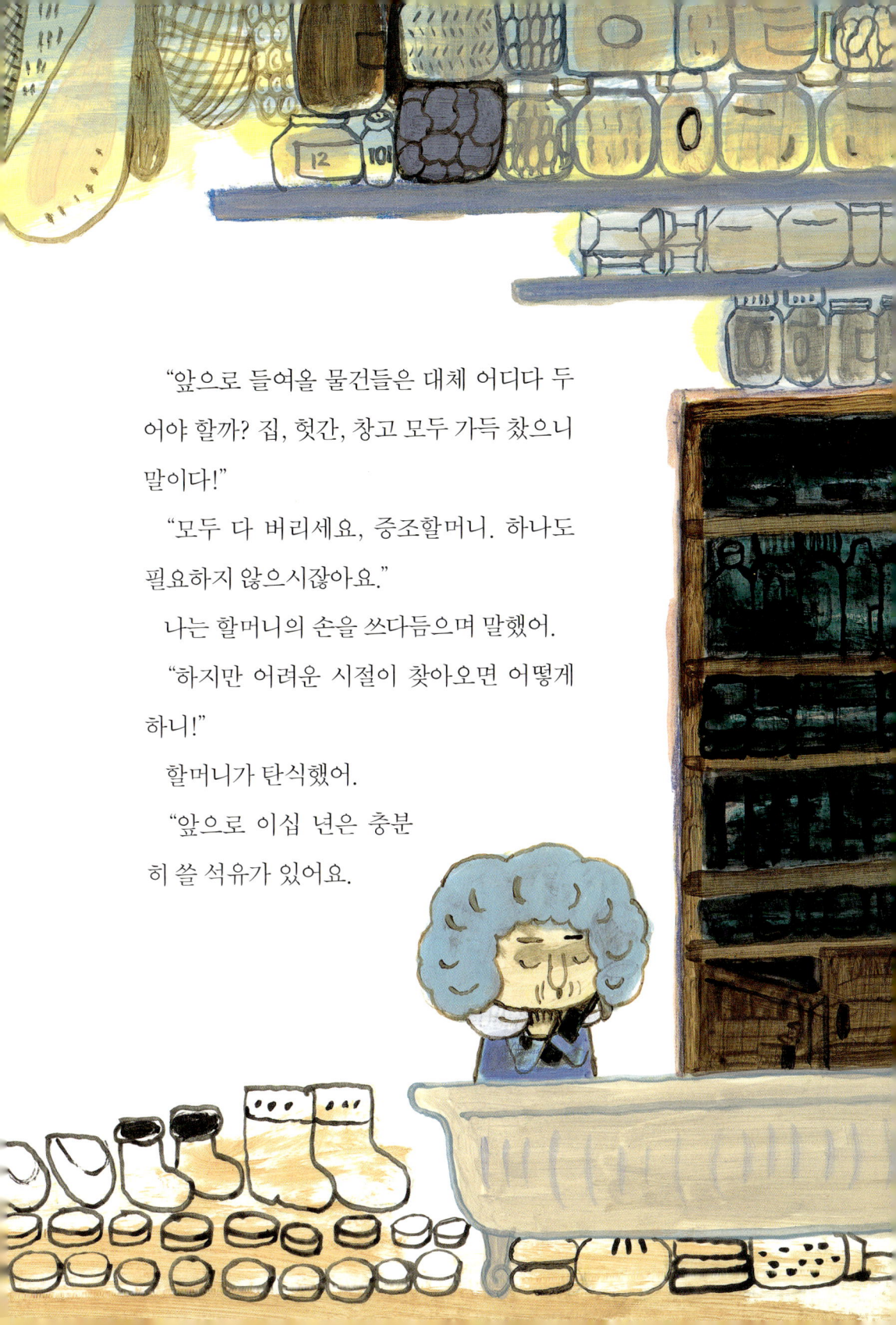

"앞으로 들여올 물건들은 대체 어디다 두
어야 할까? 집, 헛간, 창고 모두 가득 찼으니
말이다!"

"모두 다 버리세요, 증조할머니. 하나도
필요하지 않으시잖아요."

나는 할머니의 손을 쓰다듬으며 말했어.

"하지만 어려운 시절이 찾아오면 어떻게
하니!"

할머니가 탄식했어.

"앞으로 이십 년은 충분
히 쓸 석유가 있어요.

그전에는 어려운 시절이 찾아오지 않을 거고요."

다음 날 아침이 되어서야 나는 집으로 돌아왔어. 에르나 증조할머니는 밤새 결정을 내리려고 애를 썼어. 나는 할머니가 결정을 내리도록 힘껏 도왔지. 그리고 이번 토요일 아침 우리는 모두 증조할머니 집으로 갔어. 모리츠와 사라, 그리고 우리 부모님 모두. 이웃집 슈룰러 씨도 할머니 집으로 건너왔어. 우리는 물건들을 밀고 끌고 치웠어. 모두들 오늘 월요일에도 근육통이 장난 아니야.

증조할머니 집에는 다시 비어 있는 자리들이 생겼어. 방마다 다시 숨통이 트였어. 할머니가 삶을 마칠 때까지 필요하지 않은 모든 것은 정원 울타리 앞에 차곡차곡 쌓여 있어. 꼭꼭 채워 넣은 상자가 백서른두 개, 이제까지 쓰지 않은 매트리스가 열두 개야. 곧 트럭이 와서 이 모든 것을 실어 갈 거야. 중국에서 또 지진이 나거나 방글라데시에서 홍수가 나면, 재해를 입은 사람들에게 보내게 될 거야.

다락방의 건초는 치워졌고, 작은 장작만 여러 개 남아 있어. 하지만 헛간과 창고는 가득 차 있어. 증조할머니가 그 안의 물건들과는 떨어지고 싶어 하지 않았거든. 할머니는 이제 나무

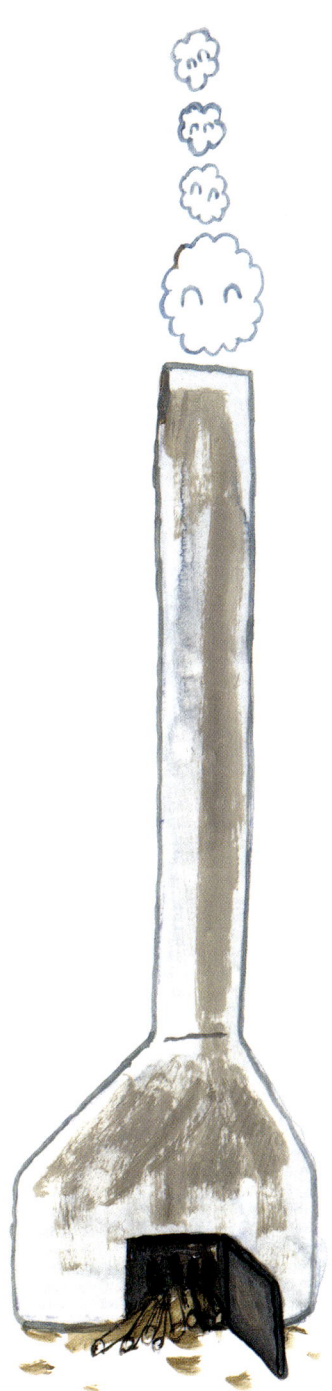

만 때서 난방을 하겠대. 거실의 오래된 벽난로를 쓸 생각인 거야. 방문들을 열어 놓으면 벽난로의 온기로 작은 집 전체가 따뜻하긴 해.

"당장 나부터라도 석유를 쓰지 않으면 세계의 석유 저장량이 조금 더 오래가지 않겠니."

에르나 증조할머니가 흐뭇해하며 말했어.

"그 말은 다음에 올 어려운 시절이 좀 더 늦게 찾아온다는 뜻이고요."

내가 할머니를 껴안으며 말했어.

"그때까지 난 집을 다시 채워놓을 거고."

할머니가 대수롭지 않게 말했어.

"증조할머니! 설마 또다시……?"

내가 놀라서 외쳤어.

"아무렴. 대체 무슨 생각을 했기에 그렇게 놀라는 거냐?"

할머니가 되레 의아해했어.

책만 읽는 할머니

발트라우트 할머니와 빌헬름 할아버지는 자식이 딸 하나밖에 없었어. 딸은 불의 섬(남아메리카 대륙 남쪽 끝에 있는 티에라델푸에고 섬)에 사는 양치기 청년과 결혼했어.

불의 섬은 지구 반대편에 있는 큰 섬이야. 딸네는 그곳에서 사는데 할 일이 무척 많아서, 할머니와 할아버지 생일날과 크리스마스 때만 짧게 안부 전화를 했어. 다른 때는 아무 연락도 없었지.

발트라우트 할머니는 딸처럼 할 일이 많지 않았어. 이 년 전부터 할아버지와 함께 은퇴하고 연금생활자의 생활로 들어섰기 때문이야. 하지만 할머니는 독서를 열정적으로 좋아했어. 일주일에 평균 두 권의 책을 읽었어. 물론 두꺼운 책 두 권이야! 얇은 책이라면 같은 시간에 네 권을 읽을 수 있지.

할머니는 아침에 침대에 있을 때부터 책을 읽기 시작했어. 아침 식사를 하고 난 다음에는 점심 식사를 할 때까지 읽었고. 그 다음 오후 커피를 마실 시간까지 또 읽었어. 커피를 마시고 저녁 식사를 할 때까지 또 한 시간 책 읽을 시간이 있었어.

저녁 식사를 마치자마자 할머니는 더러운 그릇을 식기세척기에 넣고 다시 책을 들여다보았어.

할아버지는 종종 산책을 갔는데 언제나 혼자 갔어. 할아버지는 컴퓨터도 열심히 하고 어항도 열심히 돌보았어. 매주 적어도 한 번은 어항을 청소했지. 계단과 길을 청소하는 것도 잊지 않았어. 언제나 혼자 했어. 할아버지는 참을성이 많은 사람이야. 하지만 할머니가 책만 들여다보는 것이 조금씩 신경에 거슬리기 시작했어.

"내겐 마누라가 없다는 생각이 들어."

할아버지가 투덜댔어. 할머니는 책 읽는 데 정신이 팔려 할아버지의 말을 전혀 듣지 못했지.

"나한테 마누라라는 게 있냐고?"

할아버지가 버럭 고함을 지르며 벌떡 일어섰어.

"여기 보시구려. 당신 마누라 여기 있잖우. 소리 지르지 말

아요. 당신 건강에도 안 좋고 나 책 읽는 데도 방해가 되니까."

발트라우트 할머니가 대답했어.

그러자 할아버지는 양동이를 가져와 따뜻한 물을 채운 다음
늘 어항을 청소하던 스펀지를 잡고 어항을 닦았어.

몇 주 뒤 할아버지는 발트라우트 할머니가 책에서 손을 떼
게 해 보려는 시도를 했어.

"여보, 우리 공원으로 산책 갑시다. 날씨가 좋구려!"

할머니는 책을 읽는 데 몰두한 나머지 이번에도 할아버지
말을 듣지 못했지.

"이야기 좀 합시다!"

할아버지는 버럭 소리를 치며 할머니에게서 책을 빼앗았어.

"당신, 이러지 말아요."

할머니가 한숨을 쉬며 도로 책을 빼앗았어.

"대체 무슨 이야기를 하겠다고 그래요? 당신은 나에 대해 모든 것을 알고 나도 당신에 대해 모든 것을 아는데."

그리고 벌써 다시 책 위로 몸을 굽히는 거야.

할아버지는 노트북을 하나 구한 다음, 초고속 인터넷을 정액제로 설치했어. 이리하여 거실에서 할머니는 책 위로 몸을 굽히고, 할아버지는 모니터 앞에서 몸을 굽히고 앉아 있었어. 할아버지는 물고기를 키우는 사람들의 동호회를 방문하고, 관상용 어류 백과사전을 검색하고, 온라인으로 물고기들에게 필요한 부대 용품을 주문했어.

이제 할아버지는 종종 "여보, 나 배고파. 점심 먹을 때 아니오?"라고 말하던 것을 잊어버렸어.

그리하여 할머니와 할아버지는 점점 더 자주 식사하는 것을 잊어버리고 점점 더 여위어 갔어. 두 사람은 서로 이야기하는 일도 드물었어. 이따금 발트라우트 할머니는 방금 읽은 연애 소설에 대해 이야기했어. 하지만 할아버지는 두 연인이 끝에 가서 서로 어떻게 되었는지 별로 관심이 없었어. 드문 일이긴 했지만, 할아버지가 할머니에게 애완 물고기에 대해 이야기하려면 할머니는 손짓으로 말을 막았어.

"당신, 알고 있소? 해마는 암놈이 수놈 가슴에 있는 일종의 주머니에 알을 낳는다는 걸? 또 수놈이 알을 부화해서 새끼를 기른다는 걸?"

어느 날 할아버지가 외쳤어.

발트라우트 할머니는 하품만 했어.

대개 책에서는 사람들이 기대한 것과는 전혀 다른 일이 일어나곤 해. 하지만 실제 삶에서는 그런 일이 훨씬 더 자주 일어난단다.

발트라우트 할머니와 빌헬름 할아버지한테도 그랬어. 어느 날 갑자기 전화가 울렸어. 불의 섬에 사는 딸이 전화를 한 것이었어. 할머니나 할아버지의 생일도 아니었고 크리스마스 때도 아닌데 말이야.

"무슨 일 있니?"

할아버지가 깜짝 놀라 물었어.

"누가 죽었니?"

할머니가 궁금해했어.

딸의 목소리는 아주 작게 들렸어. 그만큼 딸은 멀리 사
는 거지.

"더 크게 말해! 알아들을 수가 없구나!"

할아버지가 외쳤어.

전화 속에서 딱딱 직
직 소리가 났어. 그 사이
로 딸의 흥분한 목소리가
아주 작게 들렸어. 딸은 있
는 힘껏 고함을 지르고 있는 것
같았지만 소리는 커지지 않았어.

　"'앙두'라는 소리만 알아듣겠어. 앙두라니
무슨 소리지? 쟤가 늘 날 부르듯 '아빠'도 아니고."

　할아버지가 소곤거렸어.

　"'앙두'라고 한 것이 아니라 '안부'라고 한 걸 거예요! 그냥
안부 전화라고……."

　할머니가 소곤거렸어.

　"쉿!"

　할아버지가 속삭였어.

　"이제 분명하게 알아듣겠소."

　"뭔데요?"

　"쌍둥이!"

　"나보고 '쌍둥이'라는 제목의 책을 읽어 보라고 권하는 건

가? 아주 최근에 나온 책인가 봐요. 그런 제목을 가진 책은 아직……."

할머니가 말했어.

다시 탁탁 소리가 나고 직직 소리가 그쳤어. 딸의 목소리가 어찌나 크게 들리던지 할머니와 할아버지는 손으로 귀를 막았어.

"우리, 세쌍둥이래요!"

할머니와 할아버지는 말을 잃었어.

"여보세요!"

딸이 외쳤어.

"듣고 계세요? 엄마, 아빠! 와서 우리 좀 도와주세요. 우리끼리는 못하겠어요!"

그날, 할머니는 더 이상 책을 읽지 않았고 할아버지 역시 컴퓨터 앞에 앉아 있지 않았어. 다음 날도 마찬가지였어. 아니, 그때부터는 거의 그렇게 하지 않았다고 하는 편이 좋겠어. 할일이 많았기 때문이야. 서로 할 이야기도 많았고. 서로 상의하고 묻고 답하고 생각해 보고 계획을 짜야 했지.

할머니는 여행을 떠나기 전 해야 할 일을 모두 적어 긴 목록을 만들었고, 할아버지는 여권을 갱신하고 비행기 표를 예약

했어.

할머니는 아기 옷이며 양말을 뜨고 트렁크를 꾸렸어. 할아버지는 새 양복을 마련하고 할머니는 하늘색 여행복을 마련했어.

할아버지는 쌍안경을 깨끗이 닦았고 할머니는 이웃에 사는 여자에게 집을 비운 동안 꽃에 물을 주고 우편물을 전달해 주고 이따금 집 안 환기를 시켜 달라고 부탁했어.

많은 일을 하니 배가 고파졌지. 이제 한 끼도 거르지 않았어! 또한 즐거우면 말이 많아지는 법이지.

"당신, 생각해 봐요. 우리가 곧 세쌍둥이 손주를 보게 된다니! 상상이나 가요?"

발트라우트 할머니가 할아버지 어깨를 툭 치며 말했어.

할아버지는 웃으며 고개를 저었어.

"하지만 오랫동안 비행기를 타야 하는데, 그건 두려워요."

할머니가 한숨을 쉬었어.

할아버지는 할머니를 얼싸안으며 말했어.

"내가 있지 않소."

"그럼요."

할머니는 그렇게 말하며 할아버지에게 몸을 기댔어.

둘 다 무사히 비행을 마치고 세쌍둥이가 태어나기 전에 때맞춰 불의 섬에 도착했어. 이녀 일남이었는데, 셋 다 건강했어. 하지만 무척 작았지.

세쌍둥이의 몸무게가 몇 킬로그램 늘고, 딸은 다시 양 농장 일을 거들지 않으면 안 되었어. 그렇게 되자마자 발트라우트 할머니와 빌헬름 할아버지가 아이들을 돌보았어. 할머니와 할아버지는 손 놓을 새 없이 바빴지.

저녁때, 아이들이 잠들면 할아버지와 할머니는 함께 스페인어를 공부했어. 불의 섬에서는 스페인어를 쓰거든.

이제는 연애소설을 읽을 시간도 인터넷 서핑을 할 시간도 없었어. 다시 독일에 있는 집으로 돌아갔을 때도 마찬가지였어. 아무튼 이제 할머니와 할아버지는 집에서보다는 불의 섬에서 있는 시간이 더 많았지. 세쌍둥이가 더 자라자 할머니와 할아버지는 사랑에 빠진 왕자와 공주며 마법의 물고기, 바다 괴물들이 나오는 많은 이야기들을 읽어 주었어.

"난 이제야 장모님, 장인어른을 제대로 알게 된 것 같아. 너무 생기 있고 말하기도 좋아하시고! 또 서로 얼마나 사이가 좋으신지!"

양치기 남편이 아내에게 말했어.

"엄마 아빠가 안 계셨더라면 정말이지 어쩔 뻔했는지 모르겠어요!"

할머니와 할아버지는 자주 그런 소리를 들었단다.

"인생은 참 흥미진진해요. 안 그래요, 여보?"

저녁 때 기진맥진해서 침대에 들 때면 종종 할머니는 그렇게 말했어.

"무엇보다도 실제 인생이 그렇지."

할아버지가 대답했어.

해변의
할머니

솔베이크 할머니는 덴마크 해안 모래 언덕 뒤의 작은 집에서 살았어. 할머니는 아직 정정했어. 적어도 매일 아침 해변을 산책할 정도로 정정했지. 할머니는 건강을 위해 산책을 했어. 하지만 더 큰 이유는 해변에 밀려온 물건들을 모으는 것을 끔찍이 좋아했기 때문이야. 아침마다 눈을 뜨면 할머니는 기대에 차서 생각했단다. 지난밤에는 바다가 나를 위해 해변에 무엇을 갖다 놓았을까 하고 말이야.

할머니는 아침 일찍 일어나 식사를 마치자마자 손잡이 바구니를 들고 길을 나섰어. 다른 사람들이 바로 눈앞에서 물건들을 낚아채 가지 못하도록 말이야.

할머니는 장식장 가득 기이한 물건들을 갖고 있었어. 평생

바다가 갖다 준 물건들이었어. 일본 부채, 플라스틱으로 만든 홍콩제 행운의 돼지, 남자용 밀짚모자, 대나무 피리, 아기 주먹만 한 호박돌, 갈색 유리눈(의안), 여러 가지 유리병(편지가 들어 있는 것도 있고 없는 것도 있었어.), 금을 씌운 이가 두 개 있는 틀니, 목발 하나와 남자 팬티 넉 장. 남자 팬티 가운데 하나는 쿠알라룸푸르에서 만들어진 것이었어. 할머니는 이런 물건들 역시 구멍을 조심스레 기운 다음 진열장 속에 넣어 두었어. 부끄러울 일은 없었어. 해변에 밀려온 것이니 진열장에 넣어 둔들 부끄러울 게 뭐 있겠니? 솔베이크 할머니는 인생이 무엇인지 아는 분이었지.

물론 할머니는 해변에서 플라스틱 용기들이며 스킨로션, 선크림 튜브들, 과자 봉지, 음료수 깡통, 담뱃갑 같은 것들과도 잔뜩 맞닥뜨렸어. 하지만 그런 쓰레기는 일주일에 한 번 해변을 청소하는 한스트홀름 시의 환경미화원들에게 맡겨 두었지.

솔베이크 할머니의 외동딸은 첫 아들을 낳고 죽었어. 솔베이크 할머니가 아이를 맡아 길렀지. 하지만 손자는 유감스럽게도 할머니가 바랐던 대로 커 주지 않았어. 손자는 코펜하겐에서 부동산업을 하고 있는데 머릿속에는 돈 벌 생각밖에 없었어. 이따금 손자는 할머니를 찾아와 십오 분 있다가 갔는데,

목적은 단 하나, 오직 도시에 있는 양로원으로 이사하라고 설득하기 위해서였어. 손자는 커다란 정원이 있는 작은 집을 노리고 있었어. 할머니의 상속자인 손자는 집과 정원을 한시라도 빨리 팔고 싶었어. 모래 언덕 뒤의 그만한 토지라면 커다란 호텔을 짓기에 안성맞춤이라, 가격을 높게 부를 수 있었기 때문이야.

하지만 솔베이크 할머니는 양로원 같은 데 갈 생각은 눈곱만치도 없었어!

어느 폭풍 치는 밤이 지나고 할머니는 아침 일찍 또 바구니를 들고 해변을 따라 걸었어. 그런데 멀리서 뭔가 큼직한 것이 움직이고 있는 거야. 할머니는 이제는 시력이 좋지 않았어. 그래서 무엇이 해변으로 기어 오는지 알아보려면 더 가까이 가야 했지.

그것은 어떤 남자였어. 그다지 젊지는 않았지만 그렇다고 할머니처럼 늙지도 않았어. 남자의 옷차림이 눈에 띄었는데, 아주 옛날 사람들의 옷차림이었어. 무릎 바로 밑에서 조이게 되어 있는 헐렁한 반바지와 죔쇠 달린 구두를 신고 있는 거야. 신발 한 짝은 잃어버린 것이 분명했어. 양말은 발꿈치에 커다란 구멍이 나 있었어.

남자는 기진맥진 헉헉대며 물을 뱉었어. 솔베이크 할머니는 남자가 무척 불쌍해서 두 다리로 일어서도록 거들어 주었어. 하지만 남자는 너무 약했어. 겨우겨우 파도가 닿지 않는 곳까지 기어 올라와서는 신음 소리를 내며 모래 위로 쓰러졌단다.

솔베이크 할머니는 좋은 생각이 났어. 종종걸음으로 집으로 돌아가 헛간에서 낡은 유모차를 꺼냈어. 오래전에 딸을 태웠고 그 뒤에는 손자를 태웠던 유모차였어. 할머니는 이 낡고 녹슨 유모차에 노간주나무 열매로 만든 술과 술잔을 넣고 다시 유모차를 해변으로 밀고 갔어.

남자는 그 사이에 일어나 앉아 있을 수 있었어. 술을 병째로 여러 모금 마신 다음에는(잔에 따라 마시는 것은 경멸했단다.) 할머니의 도움을 받아 유모차 위로 엎드릴 수도 있게 되었지. 솔베이크 할머니는 유모차를 밀고 모래 언덕 사이를 지나 집으로 갔어. 유모차를 밀고 간 자리에 뚝뚝 떨어진 물방울이 남았어.

할머니는 무엇보다도 먼저 남자가 젖은 옷을 갈아입게 했어. 아직도 장 속에는 남편이 결혼식 때 입었던 셔츠와 양복이 걸려 있었지. 손자의 양말과 테니스 신발도 발견했어. 진열장에서 팬티도 꺼냈어. 하지만 쿠알라룸푸르에서 온 것 말고 다른 팬티였어.

커피 석 잔에 달걀과 베이컨을 곁들인 푸짐한 아침 식사를 하고 난 다음, 낯선 남자의 상태는 눈에 띄게 좋아졌어. 남자는 떠듬떠듬 예스러운 덴마크 말로 이야기를 했어. 하지만 솔 베이크 할머니는 남자의 이야기를 알아듣고 누구인지 알았지. 바로 '방황하는 네덜란드 인'이었어!

방황하는 네덜란드 인에 대해서는 책에서 읽은 적이 있었어. 저주를 받아 영원히 바다 위를 떠도는 유령선 선장 말이야. 하지만 전설에서는 늘 배를 타고 나타났지. 대체 그의 배는 어디 있을까?

선장은 곧 말수가 많아지며 이런 이야기를 들려주었어. 지난밤 선장은 선원들을 한밤중에 침상에 보내 놓고 홀로 조종간 앞에 서 있었대. 그때 뭔가 밝은 것이 바닷속에 있는 것을 발견했대. 커다란 나무 간판이었는데 그 위에 두 글자가 적혀 있더래. 선장은 어둠 속에서 무슨 글자인가 잘 보려고 등불을 들고 멀리 몸을 굽혔는데, 그만 너무 굽히는 바람에 균형을 잃고 간판 위로 쿵 떨어지고 말았대. 등불은 꺼졌고 도와 달라고 외쳐도 배에서는 아무도 듣지 못했지. 그래서 그는 간판에 달라붙어 떠다니게 되었고 배는 곧 시야에서 사라졌어. 그의 배, 그의 세대박이 돛배가 말이야!

"간판 위에는 뭐라고 써 있었수?"

솔베이크 할머니가 숨을 멈추고 물었어.

"뜻을 알 수 없는 아주 괴상한 것이었습니다. COCA COLA 라고……."

선장은 잠시 머물게 해 달라고 부탁했어. 선원들이 자기를 찾을 때까지 말이야. 선원들은 반드시 자기를 찾아낼 거다. 뭘 찾는 데는 천부적인 능력이 있으니까. 다만, 말했듯이 몇 주 정도 걸릴 수 있을 거다. 이게 선장의 말이었어.

솔베이크 할머니는 그가 머무는 데 반대할 이유가 없었어. 전혀 없었지. 할머니가 받는 연금으로는 얼마든지 한 사람 더 먹여 살릴 수 있었거든. 할머니는 형편이 나쁘지 않았어. 그리고 다락방은 살기가 좋았고, 바다 멀리까지 내다보였어. 조난

당한 사람, 그것도 그토록 유명한 사람에게 거처를 마련해 주
는 임무가 생기다니, 얼마나 멋진 일인가!

두 사람은 함께 멋진 시간을 보냈어. 할머니는 선장에게 따
뜻한 양말을 떠 주었고, 선장은 할머니의 벽난로를 위해 장작
을 패 주었어. 벽난로는 선장의 다락방도 따뜻하게 해 주었지.
저녁에는 함께 텔레비전 앞에 앉아 있었어. 솔베이크 할머니
가 조금 당황했던 것은 그의 버릇이었어. 특히 텔레비전을 볼
때 자꾸만 어찌할 도리 없이 고개를 흔들었거든. 하지만 할머
니는 그의 버릇을 태연하게 받아들였어. 선장 역시 할머니가
텔레비전 앞에서 잠이 들어 큰 소리로 코를 고는 것을 참아내
야 했으니까 말이야.

할머니가 아침에 해변으로 산책을 가면 선장도 함께 가서는
친절하게 바구니를 들어 주었어. 선장 역시 해변에 떠밀려 오
는 물건들에 흥미를 보였어. 할머니의 집에 온 지 사흘째 되던
날에는 우연히 다른 한쪽 신발을 발견하기도 했어. 신발은 반
쯤 모래에 덮여 있었어. 선장은 매우 기뻐했어. 자기는 이 쇠
쇠 구두를 삼백 년 넘게 신고 있었는데, 그토록 오랜 세월 신
다 보니 신발이 발에 완전히 딱 맞게 되었다면서 말이야. 그에
반해 할머니 손자의 괴상한 신발은, 글쎄…… 선장은 말을 다

마치지 않고 공손하게 입을 다물었어.

솔베이크 할머니는 빵집이라든가 정육점, 슈퍼마켓에 갔을
때 방황하는 네덜란드 인이 자기 집에 손님으로 와 있다고 별

뜻 없이 이야기했어. 사람들은 공손하게 귀를 기울여 주었지만, 할머니의 뒷모습을 보며 고개를 저었지.

"저 정도라면 할머니를 혼자 살게 해서는 안 될 거요. 양로원에 가셔야지."

빵집 주인이 정육점 주인에게 말했어.

빵집 주인의 아내는 결국 코펜하겐에 사는 솔베이크 할머니의 손자에게 전화를 걸었어. 할머니 손자는 매우 기뻐하며 다음 날 모습을 나타냈지. 그는 의사를 대동하고 할머니의 집으로 자동차를 몰았어.

솔베이크 할머니가 문을 열어 주었어. 손자 때문에 낮잠에서 깬 터라 머리가 좀 헝클어져 있었어. 손자가 어떻게 지내느냐고 묻자 솔베이크 할머니가 대답했어.

"얘야, 방황하는 네덜란드 인이 집에서 살고부터 지금처럼 잘 지낸 적은 드물었단다. 정말이지 매력적인 사람이야. 참 사려 깊고 친절하단다. 네 할아버지 결혼 예복과 진열장에 있던 팬티를 입으라고 주었어."

손자는 의사에게 흘낏 눈길을 던지며 두리번거렸어.

"그런데 그 사람은 어디 있죠?"

"헛간에. 장작을 패고 있을 거야."

솔베이크 할머니는 방황하는 네덜란드 인에 대해 많은 것을 알고 있었지만, 그가 모습을 보이지 않게 할 수 있다는 것은 몰랐지. 할머니는 의사와 손자와 함께 헛간으로 들어서며 외쳤어.

"이보오, 손님이 왔다오!"

하지만 그곳에는 아무도 없었어. 도끼는 장작 패는 통나무에 꽂혀 있었고, 주위에 장작 몇 개가 흩어져 놓여 있었어.

"혹시 해변으로 내려갔나?"

할머니가 당황해서 물었어.

"방금까지 여기 있었는데. 막 함께 점심 식사를 하고서……."

그날 당장, 할머니는 절망하며 항의를 했지만, 옷과 빨래가 가득 든 트렁크 두 개와 가족사진 몇 장과 함께 한스트홀름으로 보내져 양로원의 보호를 받게 되었어.

할머니가 두 번이나 도망치려는 시도를 한 뒤 사람들은 할머니를 날카롭게 감시하며 졸음이 오게 하는 진정제를 주었어.

"그 방황하는 네덜란드 인, 그 사람은 혼자 어떻게 잘 지낼까?"

할머니가 묻자 간호사는 직업적인 부드럽고 나긋나긋한 어조로 이렇게 대답했어.

"그 사람은 혼자서도 잘해 나갈 거예요, 솔베이크 할머니."

선장은 정말 혼자서도 잘해 나갈 수 있었어! 며칠 뒤 솔베이크 할머니의 손자가 다시 한 번 집으로 돌아왔을 때였어. 손자는 집과 땅을 보러 온 호텔 매니저와 함께 모든 것을 샅샅이 살펴보았는데, 어렸을 때 몹시 좋아했던 낡은 진열장이 없어진 것을 확인하고 의아했어. 손자는 혹시 골동품 도둑이 들어왔나 의심했지. 하지만 전문가 도둑이라면 그런 것을 가져가지 않았을 거야. 그 진열장은 아무 값어치가 없었거든. 할머니가 그 안에 보관해 놓은 것은 더 가치가 없었고. 만약 가져갔다면 고소한 일이지!

할머니 손자는 집과 정원을 호텔체인의 매니저에게 팔았어.

하지만 아직 이 이야기가 끝난 것은 아니야. 석 달 뒤, 캄캄하고 바람이 거세게 부는 11월 어느 날, 낮게 드리운 구름이 하늘을 떠가던 때, 세대박이 돛배가 덴마크 서해안으로 향하고 있었어. 돛배는 해변으로 올라가 한스트홀름 시를 향해 나아갔어. 전깃줄이 방해가 되자 돛배는 하늘 높이 올라가더니 도시 위를 몇 번 원을 그리며 돌았지. 까마귀 떼가 공포에 질

려 파닥거렸고 행인들은 가까운 건물 속으로 피해 들어갔어.

솔베이크 할머니는 양로원에 들어오게 된 다음 종종 그랬듯이 그날도 창가에서 그리움에 가득 차 밖을 내다보며 자신의 집과 방황하는 네덜란드 인을 생각했어.

그때 세대박이 돛배가 실물 크기로 하늘에서 나타나더니 천천히 내려와서는 양로원 잔디밭 위에 착륙하는 거야. 돛들은 팽팽하게 부풀었고 깃발들이 나부꼈어.

양로원 의사의 권유로 새로운 안경을 쓰게 된 덕분에 솔베이크 할머니는 한 남자가 밧줄 사다리를 타고 배에서 내려오는 것이 보였어. 할머니의 죽은 남편의 결혼식 예복을 입은 남자였어. 칼과 구식 권총으로 무장한 대담한 사내들 몇십 명이 남자 뒤를 따랐어.

솔베이크 할머니는 숨을 죽였어. 아니, 저 사람은…….

"방황하는 네덜란드 인이 왔어! 나를 데리러 왔어!"

할머니가 외쳤어. 할머니는 기뻐서 정신이 나갈 지경이었어.

"무슨 일이야? 누가 왔다고?"

홀 안에 있던 노인들이 놀라서 의자와 소파에서 벌떡 일어서며 손을 귓바퀴 뒤에 대고 물었어.

"괜찮아요, 솔베이크 할머니."

간호사가 속삭이며 진정제를 가지러 갔어.

그때 테라스로 향하는 여닫이문이 활짝 열리며 돌풍이 몰아쳤어. 탁자의 식탁보가 벗겨지고 커튼이 천장에 닿을 정도로 휘날렸어. 그리고 선장이 부하들을 데리고 들이닥쳤어. 선장은 탁자며 의자들을 옆으로 획 밀어 버리고 솔베이크 할머니를 튼튼한 팔로 안아 올려서는 배로 데려갔어. 삼 분 뒤 이미 배는 다시 하늘로 떠올라 구름을 헤치고 나아갔어.

"방, 방, 방황하는 네덜란드 인이 왔어."

수간호사가 황급히 들어오자 노인들은 어쩔 줄 모르고 말을 더듬었어.

"아니, 오긴 누가 와요. 아무도 오지 않았어요. 폭풍 때문에 테라스 문이 열렸을 뿐이에요."

수간호사가 차분하게 힘주어 대답했어.

"그렇지만 우리가 그 사람을 본걸!"

왕년에 선장이었던 할아버지가 외쳤어.

"여기, 우리들 있는 곳에 왔다고! 선원들까지 데리고! 그가 솔베이크 할머니를 팔에 안고 나갔다니까!"

"방황하는 네덜란드 인은 존재하지 않아요. 그를 본 사람은 아무도 없었답니다."

수간호사가 얼음처럼 차갑게 대답했어.

"그렇다면 솔베이크 할머니는 어디 있지?"

한 할머니가 수줍어하며 물었어.

"저 멀리 갔겠지요. 열려 있는 문으로. 불쌍한 할머니. 살아는 계시는지……. 날씨가 이러니 말이지요!"

수간호사가 대답했어.

살아는 계시냐고! 지금 할머니는 세대박이 돛배의 예쁜 선실에서 살고 있어. 그 안에는 옛날 진열장도 있는데, 그 사이에 새로운 물건 몇 개가 더 늘었어. 선장이 선원들에게 뭔가 흥미로울 것 같은 물건은 모두 바다에서 건져 오라고 명령했기 때문이야. 가령 바이올린 활이라든가 장화 벗는 기구, 그리고 믹서의 칼날 같은 것 말이야.

선장은 아침 식사 준비를 솔베이크 할머니에게만 맡겨. 그리고 할머니와 함께 아침 식사를 해. 오직 할머니하고만 말이야!

할머니는 그의 양말에 난 구멍을 기워 주고, 떨어진 단추를 달아 주고, 머리가 너무 길면 머리를 잘라 주지. 선원들은 할머니를 여왕처럼 떠받들고 할머니는 일요일이면 선원들에게 쿠키를 구워 줘. 진짜 덴마크 버터 쿠키 말이야. 다가오는 크리스마스에 선원들에게 어떤 선물을 줄지 할머니는 벌써 생각해 두었어. 선원들 한 사람 한 사람 모두에게 손수 팔 토시를 떠서 줄 생각이야. 그리고 선장에게는 앙고라 털실로 복대를 떠서 줄 거고!

바람이 없을 때면 할머니는 이따금 난간에서 바다를 굽어보며 생각한단다. 여기 배 위는 모래 언덕 뒤의 작은 집보다 열 배는 더 아름답구나. 그런 곳에서 어떻게 평생을 참고 살 수 있었을까라고 말이야.

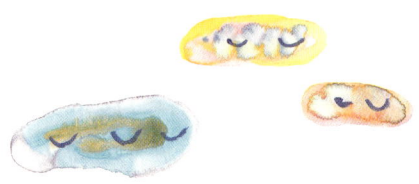

보덴제라는 무척 크고 아름다운 호수 언저리에 린다우라는 작고 아름다운 도시가 있어. 이 린다우에서 막 손풍금국제 대회가 열렸어.

골목골목마다 손풍금 연주자들이 손풍금을 돌렸지. 남자 연주자도 있고 여자 연주자도 있는데, 어떤 연주자는 실크해트에 프록코트를 입었고 어떤 연주자는 청바지에 티셔츠를 입고있었어. 어떤 연주자는 연주에 맞춰 노래를 불렀고, 어떤 연주자는 입은 꼭 다물고 손풍금만 돌렸어.

아이들은 손풍금을 보며 놀라워했지. 어떤 손풍금은 진주와번쩍이는 놋쇠 장식이 달린 진정한 걸작이었어. 또 어떤 손풍금은 여러 가지 무늬목을 이어 맞춘 것이 뛰어난 장인의 솜씨

가 보였거든. 다른 손풍금들도 알록달록 그림들이며 테두리 장식이 다채로웠어.

골목마다 다른 곡이 연주되었어. 여기서 〈라 쿠카라차〉가 연주되는가 하면, 저기서 〈즐거운 인생〉이 연주되었어. 옆 골목에서는 〈클레멘타인〉이 연주되었고 교회 앞에서는 〈라 팔로마〉가, 교회 뒤에서는 〈오 나의 태양〉이 연주되었지.

특히 많은 노인들이 창밖으로 몸을 내놓고 귀를 기울이며 웃기도 하고 옛 시절을 추억하기도 하면서 동전을 던져 주었어. 아이들은 그 동전을 주위 손풍금 옆에 있는 접시와 깡통에 던져 넣었는데, 던질 때마다 짤랑짤랑 소리가 요란했어.

교회 뒤에서 손풍금을 돌리며 줄곧 〈오 나의 태양〉을 연주하던 사람은 이탈리아의 나폴리에서 온 할머니였어. 나폴리는 거의 언제나 따뜻하고, 여름에는 무척 덥단다. 할머니가 이곳에 온 것은 이탈리아의 손풍금 연주자 협회가 할머니를 보냈기 때문이야. 그래서 할머니는 북쪽에 있는 보덴제 호반의 독일 도시 린다우에서 이탈리아 손풍금 연주자들을 대표해서 연주하게 된 거야. 여행 비용은 협회에서 지불했지.

비록 벌이가 꽤 좋은 일이긴 했지만 할머니는 처음에는 이 일을 맡는 것이 내키지 않았어. 할머니는 일찍 남편을 여의고 아이들 넷을 혼자 키웠어. 바로 손풍금을 연주해 얻은 수입으로 말이지. 그리고 지금도 막내딸의 아들을 키우고 있어. 막내딸은 로마에서 일하는데 아이를 데리고 있을 수 없기 때문이야.

할머니는 이탈리아에서 일상생활은 잘해 나가고 있었어. 쉽게 속아 넘어가지 않았고, 궂은일이 생겨도 잘 헤쳐 나갔지. 그런데 유일한 이탈리아 여자 손풍금 연주자로서 독일의 린다우에 가라는 소리를 들었던 거야. 이탈리아에서 가는 남자 연주자는 없을 거라고 했어. 할머니는 혼자 그토록 멀리 여행을 하고 싶지 않았어. 이제껏 나폴리에서 로마까지 가는 것보다 더 먼 여행을 해 본 적이 없었지. 더군다나 손자인 마리오는 혼자 집에 있어야 했고.

이탈리아 손풍금 연주자 협회는 독일에서 열리는 손풍금 대회에 보낼 수 있는 다른 연주자를 찾지 못했어. 그래서 손자를 데리고 가면 되지 않느냐고 할머니를 설득했어. 그러면 혼자 가는 것도 아니게 되고 손자 혼자 집에 있게 되지도 않을 테니까. 손자의 여행비도 지불하겠다고 했어. 마리오는 겨우 아홉 살이니 반값이면 되었지.

그리하여 할머니와 손자는 독일 린다우의 교회 뒤에 있게 된 거야. 할머니는 손풍금을 돌렸고 마리오는 주변을 둘러보며 구경을 했어. 여긴 정말 다르네! 사람들이 쓰는 말도 참 다르고! 게다가 날씨가 서늘했어. 너무 서늘했어. 할머니와 손자는 둘 다 웃옷을 겹쳐 입었단다.

"무슨 여름이 이러냐?"

할머니가 투덜댔어.

"독일 여름은 이런가 봐요."

마리오가 말했어.

다행히 동전통은 비어 있지 않았어. 마리오는 이리저리 뛰어다니며 위에서 떨어지는 동전들을 주워 모았어. 누가 지나가면 짤랑짤랑 통을 흔들기도 했어. 통속에는 2유로짜리 동전도 몇 개 있었고, 심지어는 5유로짜리 지폐도 있었단다!

"적어도 돈은 우리 이탈리아랑 같은 유로를 쓰니 다행이다."

할머니가 한숨을 쉬며 말했어.

그때 갑자기 비늘이 우둘투둘한 용이 보덴제 호수를 넘어 정확히 린다우를 향해 날아왔어. 무척 음악을 좋아하는 용이었어. 용이 음악을 좋아하는 건 드문 일이었지. 용은 귀가 굉장히 밝았어. 보덴제 호수 건너편에서까지 〈오 나의 태양〉의

멜로디를 알아들었단다. 이 노래는 용이 가장 좋아하는 노래였어. 그래서 용은 도시 위를 빙빙 돌면서 이 노래가 어디서 들려오는지 귀를 기울였어. 용은 그 노래를 갖고 싶었어. 용은 갖고 싶은 것이 있으면 그것이 인간이건 노래건 상관없이 꿀꺽 삼킨단다.

창가에 있던 사람들은 용이 날아오는 것을 보고 비명을 지르며 얼른 창문을 닫고 어떤 일이 벌어지는지 커튼 뒤에서 살그머니 엿보았어. 골목의 아이들은 잽싸게 도망쳤고. 손풍금 연주자들은 여자든 남자든 황급히 풍금 손잡이를 놓고 그 훌륭한 악기들을 커다란 용이 들어갈 수 없는 처마 밑이나 건물 입구에 밀어 넣었지.

하지만 이 거대한 동물은 독일이라든가 오스트리아, 프랑스, 영국, 벨기에, 스위스, 미국, 스웨덴, 네덜란드, 스페인의 연주자들에게는 전혀 아랑곳하지 않았어. 용의 목표가 되는 손풍금은 단 하나였어. 바로 여전히 〈오 나의 태양〉을 연주하고 있는 그 손풍금 말이야.

그런데 정작 그 손풍금의 주인인 나폴리의 할머니는 용이 나타난 것을 전혀 알아차리지 못했어. 사람들이 커튼 뒤에서 흥분한 손짓으로 위를 쳐다보라고 가리켜 주었는데도 말이야.

할머니는 그것이 "오늘 날씨 좋지요?"라든가 "오늘 기도했나요?"라는 뜻의 독일식 몸짓이라고 짐작했던 거야.

마리오는 도시 위에 떠 있는 용을 보았지만 광고용 애드벌룬이라고 생각했어. 나폴리의 애드벌룬은 둥글지만, 이 낯선 나라에서야 새 비슷하게 생기지 말란 법 없잖아!

"이상하구나, 날이 어두워지네. 소나기가 오려나 보다. 빨리 연주를 끝내고 우산을 펴야겠다."

할머니가 말했어.

하지만 할머니는 그렇게 하지 못했단다. 용이 나폴리에서 온 손풍금을 향해 갑자기 빠른 속도로 내려오더니 손풍금 옆에 있던 할머니와 손자까지 모두 함께 꿀꺽 삼켜버렸기 때문이야. 하지만 아무도 다치지 않았어.

용의 배 속은 동굴처럼 크고 어두웠어. 너덜너덜한 살덩어리들이 위에서 아래로 늘어져 있었어. 마리오는 더듬더듬 할머니를 찾았고, 할머니도 더듬더듬 마리오를 찾았어. 그리고 동시에 "할머니?", "마리오?"라고 외치며 서로 꼭 껴안았어.

"혹시 우리가 무슨 배 속에 있는 게 아닌가 모르겠다."

할머니가 말하며 더듬더듬 손풍금을 찾았어.

"누군가 우리를 삼킨 것 같아. 누구지? 아니면 뭐지?"

할머니는 한숨을 쉬며 덧붙였어.

"적어도 이곳은 따뜻하구나. 어쨌거나 얼어 죽지는 않겠어. 그건 위로가 되는구나."

"우리가 편안하게 있을 수 있을 정도로 커다란 위를 갖고 있다면 그건 용일 거예요. 코끼리는 동물을 잡아먹지 않으니까요. 이와 비슷하게 큰 위를 가진 동물이라면 용 말고는 없어요."

마리오가 말했어.

손풍금이 거기 있었어. 우산도 있었어.

하지만 용이 다시 하늘로 솟구쳐 도시 위를 빙빙 돌았기 때문에 할머니와 마리오는 이리저리 내동댕이쳐졌어. 손풍금은 배 속에서 구르며 괴상한 끽끽 소리를 냈어.

공중제비를 넘는 동안 할머니는 마리오를 잡아 꼭 붙들었어.

"겁내지 마라, 애야. 소방대의 사이렌 소리가 들리는구나. 우리를 구해 주러 오는 거야."

할머니가 헐떡이며 말했어.

"대체 어떻게 우리를 구해 준단 말이에요? 우릴 구하려면 용처럼 날 수 있어야 하잖아요!"

마리오가 외쳤어.

　하지만 용은 전혀 멀리 날아갈 생각이 없었어. 당장
가장 좋아하는 음악을 듣고 싶었거든. 그래서 항
구 지역에 내려앉아 가만히 귀를 기울였지. 그

사이에 소방차와 경찰차가 도착했고 경찰들은
사격 위치를 잡을 수 있었어.
　물론 이 모든 것을 나폴리에서 온 할머니와 손자는 전혀 볼
수 없었지. 하지만 비록 아까하고 다름없이 지금도 새까만 어
둠 속이기는 해도 이제는 다시 두 발로 서 있을 수 있었어.

"저것 좀 보세요. 동굴 천장이 기울어져 있어요. 용이 이제 어디 앉았나 봐요. 손으로 만질 수도 있겠어요."

"장담하건대, 저건 등일 거다. 점점 깊이 들어가면 등이 끝날 거야. 등이 끝나는 곳이 꼬리가 시작되는 곳인데, 그 아래쪽에는 틀림없이 구멍이 있을 거야."

할머니가 말했어.

"바깥으로 나가는 구멍 말이에요? 밖으로 나갈 수 있을 정도로 큰 구멍이요?"

마리오가 눈을 빛내며 물었어.

"넌 몸집이 작고 날씬하고 유연하니까 확실히 나갈 수 있을 게다. 어쩌면 나도 나갈 수 있을지 모르지. 그렇지만 손풍금은 안 될 거야. 하지만 손풍금이 없으면 난 뭐가 되지? 그것으로 먹고사는데. 난 어떤 일이 있어도 손풍금을 여기 남겨 놓지 않을 거다! 너 혼자 나가거라!"

할머니가 한숨을 쉬며 말했어.

"해 볼게요. 그리고 도와줄 사람들을 불러올게요."

마리오가 말했어.

마리오는 정말 용의 배에서 운하 비슷한 길을 발견했어.

"저것 봐, 꼬리 아래 뭔가 움직이는 것이 있다!"

총을 든 경찰관 가운데 하나가 외쳤어.

"쏘지 마! 먼저 확인부터 해야 해!"

지휘관이 외쳤어.

사람들은 어린 소년을 발견하고 환호성을 올렸어.

"할머니하고 손풍금이 아직 저 안에 있어요! 할머니는 살아 계세요. 꼭 구해 주셔야 해요! 할머니랑 손풍금이랑."

소년이 말했어.

다행히 근처에 이탈리아 피자 가게가 있었어. 그런데 그 주인이 나폴리 사람인 거야. 그는 마리오의 말을 알아들을 수 있었기에 전부 통역해 주었지. 이제 소방대와 경찰들이 모두 모여 회의를 시작했어. 적십자사에서도 왔고 텔레비전 방송국에서도 왔어. 많은 사진기자들이 찰칵찰칵 용을 찍었어. 엄청나게 많은 사람들이 여기저기 모여 있었어. 피자 가게 주인의 아내가 젖은 수건과 소년의 바지며 스웨터를 한아름 안고 달려와 마리오를 돌봐 주었어.

이 모든 것을 용 배 속에 있는 할머니는 알지 못했어. 할머니는 생각했어.

"중요한 건 마리오가 밖에 있다는 거야. 보아하니 사람들은 나를 구할 수 없을 것 같구나. 내가 소화될 운명이라면 적어도 음악과 함께해야지."

할머니는 손풍금을 돌리기 시작했어.

웅크리고 앉아 있던 용이 고개를 들고 귀를 기울였어. 그러나 오 슬프구나. 손풍금이 어딘가 망가져 불협화음이 섞여 있는 거야. 도통 무슨 노래인지 거의 알아차리지 못할 지경이 되었지. 용은 화음이 맞지 않는 음악을 듣고 기분이 나빠졌어. 아무튼 눈물을 뚝뚝 흘리며 헛구역질을 하고 또 하다가 마침내 할머니와 손풍금을 린다우의 자갈 깔린 길바닥으로 토해 내고 말았단다.

나폴리 할머니는 무사했어. 심지어 손자에게 손을 흔들어 인사를 할 수 있었지. 다만 무척 더러웠어. 손풍금도 마찬가지였고. 마리오는 기뻐서 환호하며 할머니를 얼싸안았어. 그래서 피자 가게 주인의 아내가 다시 한 번 마리오의 옷을 갈아입혀야 했지.

용은 하마터면 총에 맞아 죽을 뻔했어. 하지만 린다우의 시장이 용에게 아무 짓도 하지 말라는 지시를 내렸어. 그래서 용은 좋아하는 음악은 가져가지 못했지만 저녁노을 속으로 커다랗게 날갯짓을 하며 호수 위로 날아올라 그곳을 떠났어.

텔레비전에 이탈리아 여자 손풍금 연주자와 마리오와 용이 나왔어. 나폴리에서 온 할머니와 손자는 전 독일에 유명해졌고 둘이 겪은 일을 되풀이해서 이야기해야 했단다. 두 사람의 이야기는 거의 정확히 일치했어. 다만, 마리오는 용의 뒷부분으로 도망쳤고 할머니는 앞쪽 주둥이로 용에게서 빠져나온 것만 달랐지.

할머니는 린다우의 한 의상실 덕택에 머리에서 발끝까지 새것으로 갈아입었어. 새 신발과 새 양산도 얻었어. 동전통도 다시 찾았고. 아이들은 여기저기 굴러가는 동전들을 주워 할머니의 동전통에 넣었어. 동전 하나 없어진 것이 없었어. 린다우 시민들은 정직하거든. 린다우 시는 작은 선물로 깡통 가득 2유로짜리 동전을 채워 주었지. 이름을 밝히려 하지 않는 어떤 부자 린다우 시민은 손풍금 수리비를 지불했단다. 그래서 할머니는 이제 〈오 나의 태양〉을 다시 아무 흠 없이 연주하게 되었어.

나폴리로 돌아간 할머니와 손자는 할 이야기가 많았지. 아무튼 두 사람 다 이 여행이 보람된 것이었다고 생각했어.

할머니는 친척과 이웃들에게 종종 이렇게 말했단다.

"독일 사람들에 대해 이러니저러니 말들이 많지만, 한 가지는 인정해야 해. 그들은 이탈리아 사람들을 용 배 속에서 구해 주려고 갖은 애를 썼다는 거야. 손해를 보더라도, 쩨쩨한 모습

을 보이지도 않았어."

　그리고 잠시 짬을 두었다가 덧붙였어.

　"적어도 린다우 사람들은 그랬다오."

진짜 프로
할머니

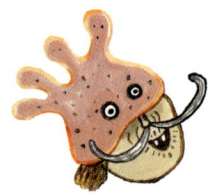

새 학년이 시작되자 프랑크푸르트의 획스트에서 한 친구가 우리 학교로 전학을 왔어. 이름은 에릭인데 머리는 나무랄 데 없이 멋진 커트를 한 금발이고 눈은 빛나는 파란색이야. 아버지는 경찰관으로 경감이고 어머니는 은행에서 일한대. 참, 나는 베를린에서 살아.

에릭은 겨울이 되어야 11살 생일을 맞는데도 한 학년을 월반해서 우리 6학년에서 공부하게 되었어. 5학년에서 배우는 모든 것을 이미 알고 있었기 때문이야.

에릭에게 수학 문제를 칠판에 풀라고 하면 어찌나 빨리 푸는지 우리 선생님조차도 이따금 따라가는 데 애를 먹어. 어떻게 그렇게 계산을 잘하게 되었느냐고 우리가 묻자 에릭이 대답했어.

"우리 할머니한테 배웠어. 할머니는 계산기보다 계산이 더 빠르서."

에릭은 읽기도 매우 잘해. 우리 반의 그 누구보다 유창하게 읽어. 에릭이 읽는 소리를 듣는 것은 정말 즐거워. 누구한테서 배웠느냐고 우리가 묻자 에릭은 대답했어.

"우리 할머니한테 배웠어. 할머니랑 날마다 연습했지. 우리는 신문 읽는 시합을 했어."

에릭의 글짓기는 마치 선생님이 써 준 것 같아. 어떻게 그렇게 글을 잘 쓰게 되었느냐고 우리가 묻자 에릭은 대답했어.

"우리 할머니한테 배웠어. 할머니는 내가 편지를 많이 써 보게 했어. 1학년 말부터 그랬어. 나는 학교에서 일어난 일, 학교 가는 길에 일어난 일을 모두 써야 했어. 할머니는 이렇게 말씀하셨어. '우리가 갑자기 헤어질 수도 있지. 그렇게 되면 서로 편지를 쓰자꾸나.'"

만들기 시간에도 에릭은 최고야. 얼마나 솜씨 있게 줄로 갈고 나사를 돌리고 비집어 열고 구멍을 뚫을 수 있는지, 우리는 입을 떡 벌리고 구경하지. 우리가 그것도 할머니한테서 배웠느냐고 묻자 에릭은 고개를 끄덕였어.

"그럼 지금도 할머니랑 함께 살고 있니?"

우리는 쉬는 시간에 운동장에 있을 때 물었어.

"아니, 지금은 아냐. 전에는 엄마 아빠가 일하러 가셨을 때 할머니가 늘 나를 돌봐 주셨어. 하지만 지금 할머니는 프랑크푸르트에 계시고 우리는 베를린으로 이사 왔어."

에릭이 대답했어.

"그럼 편지를 쓰겠구나?"

"당연하지. 수요일하고 일요일마다 쓰는걸. 할머니는 늘 화요일과 금요일에 답장을 주시고."

에릭이 얼굴을 빛내며 말했어.

"그럼 왜 함께 베를린으로 안 오셨어?"

우리가 물었어.

"할머니는 평생 프랑크푸르트에 사시면서 일하셨어. 할머닌 늘 이렇게 말씀하셨어. '내 직업으로 가장 빨리 성공할 수 있는 곳은 프랑크푸르트야.'"

에릭이 말했어.

"그렇다면 성공하셨어?"

우리가 물었어.

에릭은 고개를 끄덕였어.

"트렁크에 돈을 가득 채우는 데 성공하셨어. 다만 난 할머니가 그것을 어디 감추셨는지 몰라. 언젠가 할머니는 테네리프 섬(아프리카 서북부 먼바다의 스페인령 카나리 제도 중 가장 큰 섬)에 집을 갖는 게 꿈이라고 말씀하셨어. 할머니는 연금이 아주 적거든. 돈을 충분히 모으면 나랑 테네리프 섬으로 가서 집을 지으시겠대. 거기서 함께 살 거야."

우리는 놀랐어. 정말 근사한 할머니였다!

"그럼 할머니 직업이 뭐니?"

레온이 물었어.

"처음엔 소매치기셨어."

에릭이 진지한 얼굴로 대답했어.

우리는 와르르 웃음을 터뜨렸어.

"그다음엔 계속 연습을 해서 강도가 되셨어."

에릭이 말을 이었어.

우리는 소리를 지르며 웃어댔어.

"할머니는 야심이 있으셔. 테네리프 섬에 집을 더 빨리 마련하고 싶으셨지! 그래서 은행 강도를 전문으로 하셨어."

하하하. 할머니가 은행 강도! 우리는 숨을 헐떡이며 웃었어.

"아주 훌륭한 은행 강도야. 진짜 프로서."

에릭의 말을 들으며 우리는 모두 배를 움켜잡았어.

"할머니는 모든 것을 정확하게 계획하고 잘 다룰 줄 아서. 수사관들도 몇 년 동안 할머니가 범인인지 알아차리지 못했어. 누가 육십이 넘은 구부정한 할머니가 범인이라고 생각하겠니? 게다가 할머니는 늘 남자로 변장하고 얼굴에 복면을 쓰셨거든. 직접 짠 복면이야.

그런데 꼭 일 년 전 은행을 습격했을 때 그만 탄로가 났어. 왼쪽 양말 발꿈치에 난 구멍 때문이었어. 할머니는 구멍이 난 줄 전혀 모르셨지. 그날 아침 할머니가 우유 한 통을 이웃에 빌리러 갔는데, 그 구멍이 이웃집 여자의 눈에 띈 거야. 그래서 모든 것이 끝났어."

양말에 구멍이 났다고? 하하하!

"너, 범죄 영화를 너무 많이 보았구나."

우리 중 누군가가 외쳤어.

"할머니는 오 년 형을 받고 감옥에 계셔."

에릭이 슬프게 말했어.

우리는 거의 땅바닥을 데굴데굴 굴렀어. 감옥에 갇힌 은행 강도 할머니라니, 어떻게 그런 생각을 해낼 수 있지!

종이 울리고, 쉬는 시간이 끝났어. 우리는 학교 건물로 후다

닥 뛰어갔어.

"하지만 경찰이 데리러 오기 전에 돈 가방은 숨겨 놓을 수 있었나 봐. 아무리 심문을 해도 할머니는 그것이 어디 있는지 털어놓지 않았어."

우리는 에릭에게 감탄했어. 에릭은 진짜 상상력이 끝내주었어. 범죄 소설 작가가 되는 게 좋을 것 같아!

어제 나는 우리 반 친구들 여덟 명과 함께 에릭을 다음 주 토요일 내 생일에 초대하고 싶었어.

"미안해. 토요일에는 엄마 아빠랑 프랑크푸르트 획스트에 가야 해. 할머니가 얼마나 우리를 기다리고 계시는지 몰라. 특히 나를 기다리셔."

에릭이 말했어.

나는 실망했어. 에릭이 이야기로 사람들을 즐겁게 해 주기를 기대했기 때문이야.

"할머니가 오시면 훨씬 더 간단할 텐데. 프랑크푸르트에서 베를린으로 이사 오시지 않아도 말이야."

내가 말했어.

"하지만 감옥에 계시는걸! 내가 이야기 안 했니? 바로 그 때문에 우리가 베를린으로 이사 온 거야. 그 사건 때문에 엄마

1004

아빠가 무척 괴로워하시지."

에릭이 이상하다는 듯 말했어.

"그럼 할머니가 진짜 은행 강도서?"

내가 당황해서 물었어.

"응. 그럼 넌 대체 뭐라고 생각했던 거야?"

에릭이 놀라서 되물었어.

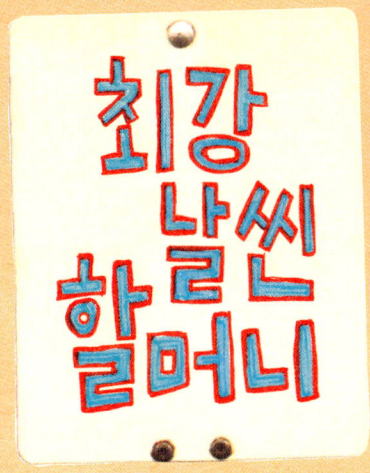

케빈은 할머니를 무척 좋아해. 할머니 이름은 리디아고 엄마의 엄마야. 할머니는 잘하는 것도 많고 해 보는 것도 많아. 요리도 잘하고 먹기도 잘해서. 열정적으로 노래도 부르고 춤도 추고, 여행과 수영도 끊임없이 하고. 케빈을 데리고 동물원에도 가고 공원에도 간단다. 서커스에도 가고 시립도서관에도 가고. 겨울에는 온천에, 여름에는 야외 수영장에 데리고 가는 거야. 간단하게 말해, 케빈이 상상할 수 있는 가장 좋은 할머니야.

할머니는 할머니라고 하기에는 아직 무척 젊어. 지난 부활절 바로 전에 쉰세 살이 되었거든! 할아버지는 이 년 전에 돌아가셨어. 그래서 할머니는 혼자 살아.

할머니 침실에는 커다란 거울이 있어. 케빈은 할머니 집에 가면 그 거울을 들여다보는 것을 좋아해. 키가 두 배로 커지고 가슴이 세 배로 넓어져도 다 보일 만큼 큰 거울이야.

하지만 리디아 할머니에게는 이따금 그 거울이 너무 작은 거야. 말하자면 할머니에겐 문제가 하나 있어. 무척 뚱뚱하다는 게 그것이야. 어른들은 뚱뚱하다는 말 대신 '풍채 좋다'라고 말할 테지만 말이야. 하지만 케빈은 아직 거짓말을 능숙하게 할 줄 아는 나이가 아니지.

리디아 할머니가 늘 뚱뚱한 것은 아니야. 할머니는 7월이나 8월에는 대개 지중해의 마요르카 섬에서 휴가를 보내는데, 그때는 하루에 세 번 수영을 해. 만약 섬 주위에 상어가 있다면 벌써 잡아먹혔을지도 몰라. 그만큼 늘 멀리 헤엄쳐 나가거든. 할머니가 그렇게 하는 것은 살을 빼기 위해서야. 그리고 멀리 나갔다 오면 정말 날마다 몸무게가 조금씩 줄어.

마요르카 섬에서 할머니는 거의 과일주스와 차, 야채죽만 드셔. 그러면 몸무게가 곤두박질을 치는 거야. 게다가 돈도 엄청나게 절약되지. 날마다 해변을 따라 조깅을 하는데, 그것으로도 살이 빠지지.

할머니가 마요르카 섬에서 돌아오면 거의 잡지에 나오는 모

델처럼 날씬해. 하지만 다시 하루 종일 사무실 컴퓨터 앞에 앉
게 되면 다시 살이 찌기 시작한단다. 언제나 주스만 먹고 살
수는 없잖니. 9월에는 거의 알아차리지 못하지만 10월이 되면
할머니가 다시 엄청나게 살이 쪘다는 것이 눈에 띄게 돼. 11월
이 되면 옷 솔기가 터지고 12월이 되면 많은 옷이 맞지 않게
되는 거야.

　연말이 되면 리디아 할머니는 너무 살이 쪄서 주름이 아주
많이 잡힌 헐렁한 옷을 입어야 사람들 앞에 모습을 나타낼 수

있어. 그 까닭은 이래. 할머니 생일이 11월 25일인데, 할머니
는 친구들이 아주 많기 때문에 사흘 동안 생일 파티를 하거든.
쿠키며 생크림 케이크를 포함한 풍성한 뷔페로 세 번이나 큰
파티를 벌이는 거야. 그렇게 흥청망청 먹어대니, 흔적이 남지
않고 배기겠니? 그 다음에는 보통 온갖 쿠키를 먹으며 보내는
재림절(크리스마스 전의 4주간)이 오지. 곳곳에서 예쁘디예쁜

쿠키들을 접시에 담아 내놓는데, 어떻게 집어 먹지 않을 수 있 겠니? 그런 다음에는 거위 구이와 칠면조 구이, 맛있는 소스 와 생크림 케이크며 쿠키들이 나오는 크리스마스이브와 이틀 동안의 크리스마스 휴일이 오고. 그리고 마지막으로 섣달그믐 과 설날이 오는데, 이때가 그 정점이야!

"뚱뚱해도 난 할머니가 좋아요."

케빈은 종종 리디아 할머니에게 말했어. 그것은 케빈의 진 심이야. 그러면서 할머니의 늘어진 양쪽 뺨에 여러 번 가볍게 입을 맞춘단다.

하지만 할머니는 대부분의 어른들처럼 뚱뚱한 것을 추하다 고 생각해.

유감스럽게도 어른들은 뚱뚱한 것을 추한 거라고 생각하지. 케빈의 할머니는 아름다운 사람 축에 끼고 싶어. 그래서 여름 까지 굶어서 몸무게를 제법 줄여.

할머니는 사우나에서 땀을 빼고 마사지를 받고 일주일에 두 번 피트니스클럽에 가서 땀이 줄줄 흐를 때까지 러닝머신을 해.

할머니는 늘 다른 다이어트를 시험해 보지만 제대로 도움이 된 것은 하나도 없었어.

할머니는 성형외과에 가서 지방을 제거하고 싶지만 그건 비

싸지. 할머니로서는 그 비용을 감당할 수 없어.

가장 성공적인 것은 굶는 거야. 이 말은 날마다 사과 한 개와 샐러드 채소 두 닢, 중간 크기 감자 한 개 이상은 먹지 않는다는 뜻이야. 물론 즐겁지는 않아. 요리도 좋아하고 먹기도 좋아하는 리디아 할머니 아니니! 할머니는 이를 악물고 굶어. 그래야 마요르카 섬으로 떠나기 전 제때에 수영복이 다시 맞을 테니까. 뚱뚱한 몸으로 수영복을 입는 것은 뚱뚱한 몸으로 바지 양복이나 원피스를 입는 것보다 훨씬 추하다고들 하잖니.

그렇지만 이번 봄에 할머니는 공포에 빠졌어. 몸무게가 도무지 줄어들려고 하지 않았거든.

"벌써 비행기 표를 사 놓았는데 말이지!"

할머니가 한탄했어.

케빈은 할머니를 도와주고 싶었지만 어떻게 해야 할지 알 수 없었어. 케빈의 엄마도 마찬가지였어. 할머니의 그 많은 친구들 가운데 누구도 할머니를 도울 수 없었어. 자연요법 치료사인 친구를 제외하면 말이야. 친구는 갈대처럼 날씬했어.

친구는 어느 카페에서 할머니와 만나 탁자 밑으로 '최강 날씬'이라고 쓰인 작은 상자를 건네주며 속삭였어.

"이걸 먹어 봐. 도움이 될 거라고 장담해. 날마다 아침 먹기

전 한 알을 물과 함께 먹으면 하루하루 약 이백오십 그램씩 몸
무게가 줄어들 거야. 하지만 열흘 뒤에는 무조건 열흘 동안 쉬
어야 해. 안 그러면 효과가 계속될 거야. 내 말 알아듣겠어? 그

러면 계속 줄어들어 없어지고 말 거야. 잊으면 안 돼!"

"알았어."

리디아 할머니는 그렇게 말하고 거의 뺏다시피 상자를 낚아 챘어.

할머니는 이 알약에 완전히 희망을 걸었어. 날마다 약 이백 오십 그램씩 줄어든다니, 생각도 못한 일이었지!

당장 다음 날 아침부터 케빈의 할머니는 알약을 먹기 시작했어. 바로 효과가 나타났어. 얼마나 효과가 좋았던지! 날마다 할머니는 정말로 약 이백오십 그램씩 몸무게가 줄었어. 할머니의 몸무게가 줄어드는 모습은 눈에 띌 정도였어! 친구들이 놀랐고, 딸이 놀랐고, 손자 케빈이 가장 놀랐어. 할머니의 뺨이 점점 홀쭉해졌어. 팔과 다리가 점점 날씬해졌고, 엉덩이와 허리의 지방 덩어리 군살이 줄어들어 갔어.

리디아 할머니는 적어도 하루에 한 번 케빈의 엄마에게 전화를 걸어서는 기뻐서 환호하며 지금 몸무게가 얼마인지 알려 주었어. 이제 할머니가 좋아하는 정장이 다시 맞았고, 사흘 뒤에는 노란색 여름 원피스가 맞았고, 바로 그다음에는 버뮤다 반바지가 맞았어! 동물원에 가려고 케빈을 데리러 왔을 때 케빈은 할머니를 첫눈에 알아보지 못했지 뭐야!

"잘되면 좋겠는데⋯⋯."

케빈의 엄마는 한숨을 지었어.

그런데 이걸 어째, 잘되지 않았어. 리디아 할머니가 친구의 충고를 듣지 않고 이렇게 생각했거든.

"이제 살을 빼서 막 예뻐졌는데 중단할 이유가 뭐람?"

그리고 그냥 쉬지 않고 알약을 계속 먹었어. 그러던 어느 날, 차 없는 거리에서 한 어린 학생이 할머니를 가리키며 외치는 거야.

"저 할머니, 진짜 말랐다!"

그러자 할머니는 원래 원했던 것보다 훨씬 더 살을 뺐다는 걸 알아차렸어. 버뮤다 반바지가 헐렁헐렁했고 사장은 걱정스럽게 어디 아프냐고 물었어.

그날 리디아 할머니는 '최강 날씬'을 먹지 않았어. 단 한 알도 말이야.

하지만 너무 늦었어. 벌써 삼십일 일을 먹었기 때문에 점점 더 말라 가기만 했어. 이제는 살이 빠지는 것을 멈출 수 없었단다. 할머니는 딸에게 전화를 하고 싶었지만 부끄러웠어. 며칠 후 할머니는 응급실 의사에게 전화를 하려고 했어. 하지만 이제는 번호를 누를 힘도 없었어.

며칠 전부터 할머니의 전화를 받지 못한 케빈의 엄마가 달려왔어. 침실의 거울은 완전히 부옇게 김이 서려 있고 할머니는 없었어.

그때 초인종이 울렸어. 할머니에게 살 빼는 알약을 주었던 치료사 친구였어. 이 친구 역시 할머니에게서 아무 소식도 듣지 못해 찾아온 것이었어. 친구는 할머니를 찾지 못하자 금세 할머니가 알약을 계속 먹어 이런 일이 벌어졌으리라 알아차렸지.

다행히 친구는 모든 것을 되돌리는 해독제를 갖고 있었어. 그 약의 이름은 '다시 원래로'라는 약이었는데 일본제 허브 오일보다 훨씬 강한 냄새가 났어. 이 작은 병을 사흘 동안 뚜껑을 연 채 할머니의 집에 놓아두어야 했어. 정확히 말해 커다란 거울 앞에 놓아두어야 했지. 거울이 다시 반짝반짝 빛나자마자 리디아 할머니가 다시 나타났어.

그래, 할머니가 되돌아왔어! 물론 예전처럼 뚱뚱했어. 하지만 케빈은 아무렇지 않았어. 케빈은 뚱뚱하든 날씬하든, 있는 그대로의 할머니를 좋아하니까.

옛날이 그리운
할머니

증조할머니 올가는 날이면 날마다 옛날이 좋았다고 이야기했어. 모든 것이 지금보다 옛날이 더 나았다는 거야. 세제로 빨래를 하면 더 하얗게 빨아졌고, 아이들은 더 착하고 훨씬 깔끔하고 글씨도 예쁘게 썼으며, 기차는 더 시간을 딱딱 맞춰 도착했고, 빵은 더 맛있었으며, 노인들은 훨씬 더 존경받고 대우받았다는 거야.

그리고 무엇보다도 옛날에는 모든 것이, 즉 좋은 것에서 나쁜 것까지, 검은 것에서 흰 것까지 질서정연했으며, 위아래와 하늘과 땅이 분명했다고 했어. 그런데 오늘날에는 모든 것이 무질서해졌고 사람들은 옛날 같지 않게 되었다는 거야. 근면하지도 않고, 절약하지도 않고, 질서를 사랑하지도, 겸손하지도 않게 되었다고 했어. 아 정말이지, 컴퓨터니 휴대전화, 시디플레이어, 네비게이션 같은 새로 유행하는 잡동사니들을 좀 보라지! 그런 잡동사니들은 없는 것이 낫다고 했어.

어느 춥고 축축한 늦가을이었어. 할머니가 실내화를 신고 텔레비전 앞에 앉아 또다시 좋았던 옛날을 그리워하고 있는데 초인종이 울리는 거야. 할머니는 힘겹게 소파에서 몸을 일으켜 발을 질질 끌며 문으로 가서는 구멍을 내다보았어. 밖에는 완전히 하얗게 차려입은 여자가 서 있었어. 하얀색 밀짚모자에 하얀색 장갑, 하얀색 구두를 신고 있었지. 여자가 미소를 짓는데, 두 줄의 하얀 이가 빛났어. 세제 광고에 나오는 여자일까 싶을 정도로 온통 하얬어.

"아무것도 안 사!"

올가 할머니가 문 뒤에서 외쳤어.

"뭘 팔러 온 거 아니에요."

하얀 여자가 미소 지으며 말했어.

"그래? 그렇다면 동물보호협회에서 온 거요? 기부금을 모으려고 말이오."

올가 할머니는 미심쩍어했지.

"아니에요. 전 원하는 것이 없어요. 오히려 할머니의 가장

큰 소원을 들어주고 싶어서 왔답니다. 들어가도 될까요?"

올가 할머니는 힘차게 자신을 방어했어.

"난 낯선 사람을 집 안에 들이지 않아! 혹시 내 저금을 노리고 왔나? 지금은 누구나 믿을 수 있던 옛날이 아니라서 말이지. 요즘은 각오를 단단히 해야 해. 살인 사건이라도 일어날지 누가 알아!"

"살인이요?"

하얀 여자가 외치며 눈을 똥그랗게 떴어.

"하지만 전 착한 요정인데요……."

"그 말을 믿는 사람은 축복을 받을 거요."

올가 할머니가 퉁명스레 말했어.

"하지만 전 정말 착한 요정이랍니다!"

하얀 여자가 단호히 주장했어.

"전 오직 할머니의 가장 큰 소원을 들어주려고 온 거예요. 다른 의도는 없어요. 하지만 먼저 그 소원이 뭔지 알아야 하지 않겠어요, 네?"

"소원을 들어주는 데 값이 얼마지요?"

"공짜예요."

"완전히 공짜라고?"

"단 한 푼도 받지 않아요."

"장담하건대 이건 속임수야. 요즘에 공짜가 어디 있나."

올가 할머니는 생각했어.

"증명할 수 있소?"

올가 할머니가 물으며 문을 조금 열었어. 하얀 여자가 명함을 들이밀 수 있을 정도의 너비만큼 열었어. 명함 위에는 '착한 요정'이라는 글씨가 적혀 있었어. 그밖에는 아무것도 없었지.

"그렇다면야. 하지만 현관까지만 들어오시오."

올가 할머니가 말했어.

요정은 몸을 날씬하게 하여 문틈을 지나 현관으로 들어왔어.

"오, 우산꽂이가 정말 아름답네요. 손으로 조각한 것인가요?"

"내 주의를 딴 곳으로 돌리려는 거요? 난 그런 속임수엔 안 넘어가. 아무렴! 이제 딴소리 말고 내 가장 큰 소원을 들어주시오. 자, 어서 시작하시오!"

할머니가 씩씩대며 말했어.

"하지만 그 소원이 무엇인지 전혀 모르는걸요."

요정이 조용히 대답했어. 할머니가 퉁명스레 말했어.

"나는 좋았던 옛날로 돌아가고 싶소. 내가 어렸을 때로 말이

오. 내기하건대, 당신은 이 소원을 들어주지 못—”

그때 커다랗게 천둥소리가 났어. 싯싯거리는 소리도 들렸고. 요정은 사라지고 없었어. 올가 할머니 주위로 하얀 연기가 피어올랐어. 연기가 가시고 할머니가 주위를 둘러보니 어렸을 때 살던 작고 오래된 집 안에 서 있는 거야.

할머니는 행복해서 환호성을 올렸어. 얼마나 자주 이 집을 생각하며 다시 돌아가기를 바랐던가!

아니, 그렇다고 할머니 자신이 다시 아이가 된 것은 아니야. 엄마 아빠, 할머니 할아버지도 없었어. 그리고 기억 속의 집은 이토록 작지 않았는데……. 이건 뭐 오두막보다 나을 것이 별로 없지 뭐야! 하지만 할머니는 모든 것에서 옛날과 같은 냄새가 나는 것으로 위안을 삼았어.

옛날과 똑같이 바람에 지붕이 덜컹거리는 소리가 들렸어. 바닥을 보니 온통 더럽고 얼굴도 찢겨진 낡은 인형이 놓여 있었어. 할머니는 인형을 주워 올려 꼭 껴안았어. 탁자 위에는 나무딸기잼이 작은 그릇에 가득 담겨 있었어. 할머니는 손가락으로 찍어 맛을 보았어. 음. 옛날 맛이야! 할머니는 그 좋았던 옛날에 느꼈던 느낌이 들었어. 정말이지 근사하기 그지없는 느낌이었어!

얼마나 온몸으로 기뻐했는지 할머니는 그만 화장실에 가고 싶었어. 그런데 화장실이 어디 있더라?

할머니는 추워서 덜덜 떨며 난방이 되지 않은 집 안을 두루 찾아보았어.

마침내 생각이 떠올랐어. 맞아, 화장실은 정원 뒤에 있었지! 할머니는 빗속을 뚫고 황급히 밖으로 나갔어.

하지만 화장실에는 휴지가 없어서 다시 집으로 돌아와야 했단다.

두루마리 화장지가 어디 있을까? 아무 데도 없었어. 있는 것이라고는 신문지뿐이었지. 할머니는 탁자 서랍에서 가위를 꺼내 신문지를 손바닥 크기로 잘라 바삐 다시 밖으로 나갔어. 하지만 옛날과 달리 신문지로 닦으니 잘 닦이지 않았지.

"부디 엉덩이에 글자가 남지 않았기를. 요정이 소원을 들어주기 전에 두루마리 화장지 하나를 챙겨둘 걸 그랬어!"

할머니는 생각했지.

몸은 비를 맞아 축축하게 젖은 데다 발은 점점 더 시려 왔어. 그런데 난방을 하려고 보니 보일러를 가동시킬 버튼이 없는 거야. 하는 수 없이 종이와 성냥, 불쏘시개와 장작으로 작고 둥근 쇠난로에 불을 지펴야 했어. 하지만 그렇게 불을 피우는

데는 정말 기술이 필요했지.

오들오들 떨며 한 시간을 보낸 뒤에야 마침내 방은 어느 정도 따뜻해졌어.

이제 할머니는 먹을 것이 생각났어. 분명히 냉장고에 뭔가 있을 것이었어.

그런데 냉장고가 어디 있더라?

아 맞다. 그때는 냉장고가 없었지.

지하실에 감자가 있을 거야. 할머니는 어둑어둑한 지하실에서 감자를 가져와 화덕에 불을 피웠는데, 멋진 스웨터에 그

을음이 잔뜩 묻고 말았어. 할머니는 감자를 화덕에 올려놓고 고리못에 걸려 있던 외투를 입은 다음 장을 보기 위해 집을 나섰어.

가는 길에 보니까 외투는 닳아서 해졌고 여러 군데 기운 자국이 있었어. 얼마나 당황스럽던지!

하지만 적어도 외투 주머니에 지갑은 있었지.

슈퍼마켓이 어디지? 마을에는 슈퍼마켓이 없었어. 단지 엠마 아주머니네 가게뿐이었어. 그곳에서는 선택의 여지가 거의 없었어. 할머니는 거기 있는 것으로 만족해야 했어.

"작은 빵을 달라고요?"

가게 여주인이 놀란 눈으로 바라보았어.

"우리 가게에서는 빵 안 파는데요. 그건 빵집에서 팔지요! 소시지는 정육점에서 팔고요!"

돈을 내면서 올가 할머니는 지갑에 유로와 센트가 아니라 옛날에 쓰던 마르크와 페니히 동전이 있는 것을 알아차렸어. 어쨌건 그것이 훨씬 좋았어! 옛날에는 모든 것이 훨씬 쌌으니까.

그런데 지갑에는 돈이 아주 조금밖에 없었어. 그래서 달걀 세 알과 소시지 모양의 간편 조리 완두콩 수프를 살 수 있었어. 밀가루도 오백 그램 샀어. 밀가루는 봉지에 담아 저울로

무게를 잰 다음 받았어. 아직 우유 반 리터를 살 돈이 남았지만, 집에 우유 냄비가 없었어. 게다가 우유와 버터는 유제품 가게에만 있었지.

올가 할머니가 집에 돌아오니 그 사이에 난롯불은 꺼지고 집 안은 다시 썰렁했어. 할머니는 새로 불을 지펴야 했어. 그런데 성냥이 두 개비밖에 없는 것을 알아차리고 깜짝 놀랐어. 게다가 성냥을 그었는데 둘 다 부러지는 거야. 할머니는 화덕에서 타고 있는 장작을 꺼내 난로 속에 넣어야 했어.

여러 번 후후 바람을 분 끝에 불을 새로 일으키는 데 성공했지. 하지만 이제는 치마에 송진이 얼룩져 있었어.

할머니는 송진이 묻은 치마를 빨려고 했어. 스웨터도 빨고 싶었지. 그때 그 옛날에는 세탁기가 없었다는 것이 떠올랐어. 손으로 빨래를 하려면 먼저 화덕에 불을 피워 물을 끓여야 했지. 게다가 이런 계절에 빨래가 마르는 데는 적어도 일주일이 걸릴 거야!

할머니는 소름이 끼쳤어.

저녁 무렵이 되어서야 완두콩 수프가 준비되었어. 어렸을 때 늘 좋아라 하며 먹던 음식이었지. 그런데 지금은, 그 안에 달걀 하나를 풀고 껍질째 익힌 감자를 으깨 넣은 다음에도, 그

다지 맛이 없지 뭐야. 배가 고프니까 억지로 입안에 떠 넣었을 뿐이지.

몹시 배가 고팠어. 그때 그 옛날에도 종종 이렇게 배가 몹시 고팠던 것이 기억났단다.

집 문을 두드리는 소리가 났어. 누굴까? 혹시 착한 요정이 어떻게 지내느냐고 물으러 오지 않았을까? 아니었어. 피난민 여자였어. 여자는 어린아이의 손을 잡고 있었는데, 뭔가 먹을 것을 좀 달라고 부탁하는 거야. 올가 할머니는 헛간에 엄청 오래된 탁자와 나무 걸상 두 개가 있던 것이 기억났어. 할머니는 엄마와 아이를 그곳으로 데려갔고 접시 두 개와 숟갈 두 개, 그리고 완두콩 수프 남은 것을 갖다 주었어. 수프는 아직 따끈했어. 두 사람은 얼마나 배가 고팠는지 허겁지겁 그릇을 비웠어.

피난민 여자는 가면서 거듭거듭 고맙다고 말했고 아이에게도 얼른 고맙다는 인사를 하라고 독촉했지. 올가 할머니는 그들에게 아까 사 온 밀가루를 다 주었어.

다시 혼자가 되자마자 할머니는 침대로 기어들어갔어. 어릴 때 쓰던 침대였어. 올가 할머니는 키가 작았기 때문에 길이는 충분했어. 그러나 매트리스는 끔찍했지. 또 발이 너무 시렸어. 얼음장같이! 한참을 찾은 뒤 올가 할머니는 반쯤 비어 있는 옷장에서 고무로 된 물주머니를 발견했어. 뜨거운 물을 담아 이불 속에 넣으면 따뜻해지거든.

어쨌든 그날 밤은 잠을 푹 자지 못했어.

다음 날 아침이 되자 적어도 해가 났어. 올가 할머니가 침대에서 일어나 세수를 하려고 보니 샤워기도 없고 욕실은 더더욱 없는 거야. 있는 것이라고는 세면대뿐이었어. 고양이 세수를 하기에는 그것으로 충분했어. 빨래를 할 동안 입을 옷을 찾아보았지만 발견한 것이라고는 빛이 바래고 여기저기 기운 원피스 두 벌뿐이었어. 대신 앞치마는 여러 개였어. 어찌할 수 없어 두 원피스 가운데 하나를 입고 그 위에 앞치마를 둘렀지.

치마와 스웨터를 빨랫줄에 널면서 마을길을 흘낏 바라보았어. 여기에는 말똥이, 저기에는 커다랗고 아직 김이 모락모락 나는 쇠똥이 있었고, 그 사이 커다란 물웅덩이에서 해가 반사되었어. 곳곳에 닭들이 꼬꼬댁거리며 땅바닥을 콕콕 쪼고 있고, 수탉들이 꼬끼오하고 울었어.

증기 기관차가 끄는 기차가 마을 끝 집들 뒤를 지나갔어. 증기 기관차는 짙고 검은 연기를 내뿜었어. 올가 할머니의 할머니는 이 연기에 대해 늘 욕을 했었단다. 연기 때문에 레이스 커튼이 잿빛이 되고 콧구멍이 시꺼멓게 되었기 때문이야. 코를 푼 손수건들을 보면 할머니가 옳았어.

올가 할머니는 이제 기억이 났어. 할머니의 할머니도 늘 옛날이 좋았다고 이야기했어. 하지만 그 시절은 훨씬 더 옛날이었지. 기차가 마을을 덜거덕거리며 지나다니기 전 말이야.

"아니, 무슨 일이우, 올가? 오늘은 아직 닭들을 풀어 놓지 않았구려. 여태 모이를 주지 않은 것 아니오? 늦잠을 잔 거요?"

어떤 늙은 부인이 커다란 우유통을 실은 손수레를 끌고 오며 외쳤어.

아, 맞다. 닭이 있지. 올가 할머니는 늘 마당과 길을 돌아다니며 콕콕 쪼아대던 닭들이 기억났어. 매일 아침 닭들에게 모이를 주어야 했는데, 그걸 까맣게 잊고 있었지 뭐야.

할머니는 닭장으로 건너갔어. 그러나 닭똥을 밟고 말았지. 빌어먹을!

한참을 찾은 뒤 모이를 발견했는데, 딱 한 번 줄 것밖에 없었단다. 모이를 줄 때 닭들이 꼬꼬댁거리는 모습이란!

"구구구구 구구구구!"

할머니가 외쳤어. 어렸을 때도 할머니는 닭들에게 모이를 주면서 그렇게 소리쳤지. 오늘은 새로 모이를 마련해야 했어. 하지만 돈이 충분치 않았어!

맞다, 오늘 일일연속극 이십이 회를 하는 날이지? 어떤 일이 있어도 올가 할머니는 그 드라마를 놓치고 싶지 않았어. 방영 시간은 오후 한 시 반이었어. 그전에 모이를 마련해야 할 거야.

그때 여기에는 텔레비전이 없다는 생각이 떠올랐어. 텔레비전도 없구나! 그리고 무엇보다도 아직 아침 식사도 하지 못했지! 아침 식사를 하려면 먼저 화덕에 불을 피워야 했어. 성냥도 없이? 이제 이웃집에서 성냥을 빌려 오는 것밖에 다른 도리가 없었어. 왜 엠마 아주머니네 가게에 갔을 때 성냥 살 생각을 하지 못했나 몰라.

부엌에 다시 돌아온 올가 할머니는 세게 재채기를 했어.

갑자기 할머니는 못 박힌 듯 멈춰 섰어. 바로 눈앞 마룻바닥에서 쥐 한 마리가 방을 가로질러 부엌 찬장 밑으로 사라지는 거야.

할머니는 비명을 지르기 시작했어. 얼마나 오래 비명을 질렀던지 착한 요정이 나타나 다시 우리 시대로 돌아오게 해 주었단다.

그 뒤로 올가 할머니는 다시는 좋았던 옛날로 돌아가고 싶어 하지 않았어.

날마다 응모하는 할머니

에리카 할머니는 삼십구 년 동안 경품 응모가 있다는 걸 알면 모두 다 참여했단다. 그러기 위해서 무수히 많은 십자말풀이를 풀어 해답을 보내야 했어. 아니면 질문에 답을 쓴 엽서를 어떤 주소로 보내든가. 아니면 어떤 광고지에서 행운의 번호를 동전으로 긁어 해당 회사에 보내든가. 이 모든 것을 보내는 데 쓴 우편요금을 모았더라면 그 돈으로 벌써 멋진 자전거를 살 수 있었을 거야. 아니면 별 세 개짜리 호텔에서 이틀 동안 묵는 베를린 주말여행을 갈 수 있었거나. 아니면 명품 핸드백을 살 수 있었거나.

할머니는 늘 일등 당첨이 되기를 바랐지. 예를 들어 최고급 승용차라든가 가구가 다 갖추어진 집, 살아 있는 마지막 날까지 주는 종신연금, 또는 함부르크에서 카리브 해까지 삼 주 동안의 크루즈 여행 같은 것들 말이야. 하지만 그 긴 세월 동안 당첨된 것이라고는 세 번뿐이었어. 하나는 38등(오 킬로짜리 애견 사료 한 통), 하나는 76등(체온계), 또 하나는 149등(부활절 토끼 초콜릿)이었어. 그런데 말이야, 할머니에겐 개가 없어. 또한 열 살 이후 한 번도 열이 난 적이 없고 초콜릿을 좋아하지도 않았어.

모두들 응모를 그만두라고 충고했지.

"늘 희망을 갖다가 빈빈이 실망을 하게 되는데, 그건 정말이지 좌절의 연속이잖아."

하지만 할머니는 일등에 당첨되리라는 희망을 포기하지 않았어.

"언젠가 큰 행운이 올 거야. 참고 기다려야 해."

할머니가 말했어.

할머니가 옳았어. 할머니가 태어난 지 육십육 년하고 아홉 달 십삼 일이 된 날(그 사이에 이미 은퇴를 하고 남편을 잃었어), 할머니에게서 전화가 왔어.

"일등에 당첨됐다. 마침내!"

할머니가 들뜬 목소리로 말했어.

"진정제를 드세요, 어머니. 또 졸도하시면 어쩌시려고."

엄마가 말했어.

"그냥 조용히 축하해 주면 안 되겠나!"

에리카 할머니는 마음이 상해 씨근거렸어.

"진심으로 축하해요."

엄마와 내가 동시에 전화에다 대고 외쳤어.

"난 아직도 믿기지 않는구나. 국제 부동산 협회 응모에 당첨되었거든!"

할머니가 의기양양하게 말했어.

"무엇에 당첨되었는데요?"

"섬이야. 칠레 남쪽의 파타고니아에 있대!"

엄마와 나는 입을 떡 벌리고 서로 바라보았어.

"사진 한 장을 보내 주었더라."

할머니가 흥분해서 말했어.

"완전히 숲으로 덮인 섬인데, 원하면 집을 열두 채도 지을 수 있을 만한 크기야. 정원이 있는 집들 말이다. 게다가 교회와 묘지를 지을 자리도 있을 것 같다. 굉장하지! 섬의 소유주라니! 내가! 그들 말로는 내가 원하면 섬에다 이름을 붙여도 좋다더라. 지금까지 이름이 없다는구나 글쎄. 내가 뭐라고 이

름 지었는지 맞혀 봐라. 기회는 세 번까지 줄게."

"에리카 섬."

엄마가 말했어.

"어떻게 알았니?"

에리카 할머니가 당황해서 물었어.

어떻게 대답해야 좋을까? 뭐라 대답할지 난처해 하는 엄마를 내가 도와주었어. 나는 할머니에게 질문을 해서 주의를 딴 곳으로 돌렸지.

"어떻게 그곳에 가시게요?"

할머니 말에 따르면 우선 산티아고로 가서 그곳에서 어떻게 갈지 알아볼 거라고 했어. 여행비는 할머니가 지불해야 한대. 하지만 그 대신 섬을 선물로 얻었으니!

아빠와 엄마는 할머니를 찾아가 섬을 포기하라고 설득했어. 하지만 헛일이었어.

엄마 아빠가 집에 돌아왔어. 엄마가 말했어.

"어머닌 '섬 주인이 누군데?'라는 말씀만 하시니."

"장모님처럼 고집불통은 이제까지 한 번도 만나지 못했어."

아빠가 투덜댔어.

에리카 할머니는 저금을 모두 찾았어. 그리고 열흘 뒤 비행기를 타고 떠났어. 칠 년 전의 일이야.

할머니가 편지를 보냈냐고? 아니야. 할머니의 섬에는 우체국이 없거든.

우리가 경품 응모를 했던 부동산 회사에 물어보았느냐고? 아니야. 우리는 그것이 어떤 부동산 회사인지 전혀 모르거든. 하지만 할머니는 분명히 잘 계실 거야. 그렇지 않으면 이미 돌아오셨을 테니까.

뭐리고? 돌아올 돈이 없으면 어떻게 하느냐고? 그거야 섬을 팔면 되지! 팔겠다고 마음먹으면 쉽게 파실걸.

어쨌든 얼마 전 우리는 아주 안심되는 말을 들었어. 사연은 이래. 아빠가 술집에서 어떤 남자를 알게 되었는데, 그 사람 말이 자기는 막 일곱 번째 남아메리카 여행에서 돌아왔다고 했대. 그러면서 정말 머리칼이 곤두서는 모험담을 이야기해 주더래. 아빠가 에리카 할머니와 섬에 대해 이야기를 해 주자 남자가 자기는 그 섬에도 가 봤다고 하더래.

남자를 시험해 보기 위해 아빠는 그 섬의 이름이 무엇이냐고 물었대.

남자는 기억나지 않는다고 유감스러워 하더래. 하지만 그건

놀라운 일이 아닌 것이, 파타고니아에는 무수히 많은 섬이 있다는 거야. 이백 개나 삼백 개쯤. 그러니 모든 섬의 이름을 기억한다는 것은 불가능하다는 거지.

아빠도 그럴 거라고 생각했고.

하지만 에리카 할머니에 대해서는 아주 잘 기억할 수 있다고 남자가 말하더래. 아빠가 맥주 한 잔을 사 주니 남자는 기꺼이 할머니 이야기를 들려주었대.

아빠는 맥주 한 잔으로 할머니가 섬에서 회사 관리자들을 위한 서바이벌 트레이닝 장소를 제공하고 있다는 이야기를 들었대. 관리자들은 완전히 혼자, 누구의 보살핌도, 숙수도, 도구도 없이 섬의 한쪽 끝에서 다른 쪽 끝까지 열흘 안에 돌파해야 한대. 이 트레이닝은 경영 간부들 사이에 매우 인기가 있어서, 끊임없이 예약이 꽉 찬다는 거야. 회사들은 이 트레이닝을

위해 이른바 거금을 지불한대.

그밖에 에리카 할머니가 우리에게 안부를 전해 달라고 했대. 할 일이 머리 꼭대기를 넘을 만큼 쌓여 이제까지 편지 쓸 틈이 없었다는 거야. 하지만 한번 그곳으로 찾아오라고 했대.

우리는 그렇게 할 거야. 크리스마스 휴일이 시작되자마자 그곳에 가려고 해. 이곳이 겨울이면 그곳은 여름이야. 아빠는 며칠 동안 야생의 숲에서 지내고 싶어 해. 날이 따뜻하면 더 좋겠지.

건강 염려증
할머니

헤드비히 할머니에겐 끔찍한 결점이 하나 있었어. 그것
만 아니면 온 친척들이 멋진 분이라며 무척 떠받들었을 거야.
그 결점은 바로 '건강 염려증'이었지. 할머니는 끊임없이 자기
가 무슨 병에 걸린 것 아닌가 걱정했어. 누가 할머니를 찾아가
면 내내 어디가 아프니 혹시 무슨 병이 아닐까 하는 이야기를
들어야 했지.

　머리가 아팠다 하면 뇌막염에 걸릴까 봐 두려워했어. 배가
아팠다 하면 위궤양이라든가 맹장염에 걸린 것이 아닐까, 심
지어는 창자가 꼬인 것이 아닐까 걱정했어. 별것 아닌, 목이
쉰 것도 두려워 잠을 이루지 못했어.

　"혹시 후두암이 아닐까?"

무릎이 아프면 당장 침대에 드러누웠어. 물건을 사러 갔다 온 뒤 등이 아프면 움직일 때마다 큰 소리로 신음 소리를 냈고. 마치 보행자 전용 거리에서 척추 디스크 사고를 당한 듯이 말이야. 몸이 추우면 벌써 열이 난다고 생각했지. 땀이 나면 쇠약증이 아닌가 여겼고. 물론 쇠약증은 절대 찾아오지 않았어. 몸 어딘가에 수포가 몇 개 생기면 출혈성 두창에 대해 이야기했어. 몇 년 전 불쑥 튀어나온 보도블록에 발이 걸렸는데, 광우병을 의심하더라고. 지난해 생일파티 때 너무 얇게 옷을 입어 감기에 걸렸는데 어쨌는지 아니? 절망에 힙싸여 온 친척과 친지들에게 전화를 걸어 증상으로 미루어 돼지 독감에 걸린 것 같다고 알렸단다.

할머니랑 전화로 이야기를 하면 할머니는 말을 시작하기 전에 깊은 신음 소리부터 냈어. 그리고 무슨 이야기를 하느냐고?

"오 하느님, 난 전혀 잘 지내지 못해!"

라거나

"내가 얼마나 비참하게 보내는지 모를 거야!"

라거나

"오늘 의사한테 갔었어. 아픔을 더 이상 참을 수 있어야지."

라든가

"그 물약이 듣지 않아. 어떻게 하면 좋을까!"

하는 말 이외의 다른 말을 하는 경우는 드물었어.

힐데 아줌마는 종종 헤드비히 할머니로부터 한번 와서 허브 오일로 등을 문질러 달라는 부탁을 들었어.

할머니 위층에 살면서 때때로 할머니에게서 부엌 저울을 빌려 가는 레만 부인은 일주일에 적어도 한 번은 혀에 숟가락 자루를 넣어 목구멍을 들여다보고 편도선이 부었는지 봐 주어야 했지. 레만 부인은 용감하게도 여러 번 이렇게 말했다지.

"전혀 붓시 않았어요!"

그다음부터 헤드비히 할머니는 더 이상 부엌 저울을 빌려주지 않았단다.

할머니의 의견에 따르면 아래층에 사는 만네를링 부인은 의학 분야에서는 전혀 지식이 없대. 심지어는 책임감도 없다는 거야. 그건 부인이 할머니의 딸꾹질을 심각하게 받아들이지 않았기 때문이지!

아들 마르쿠스에 대해서도 할머니는 몹시 실망했어. 할머니가 아파도 아들이 더는 동정을 하지 않았기 때문이야.

손녀 타냐가 할머니를 찾아와 문에서부터 달려오며 사심 없이 밝은 목소리로 물었어.

"오늘은 어디 아프세요, 할머니?"

그때 할머니는 타냐가 좋아하는 바닐라 크루아상을 탁자 위에 올려놓지 않았어. 특별히 손녀를 위해 사 놓았으면서도 말이야.

헤드비히 할머니를 방문하는 사람은 온 집 안에 온갖 허브 냄새는 물론, 소독제나 연고 또는 약 냄새가 나는 것을 참아야 했어.

그것만이 아니었어. 어디를 보나 줄줄이 놓여 있는 약병과 그것에 속하는 상자, 조심스럽게 접어 둔 설명서들이 보였단다. 보통 장식장에는 우아한 자세로 서 있는 사기로 만든 무용수 같은 것들이 놓여 있지만, 할머니의 장식장에는 온갖 크기의 연고통이 탑처럼 쌓여 있었어.

욕실 장을 열면 온갖 크기와 길이의 거즈 붕대와 압박붕대, 두 개의 혈압 측정기(한 개는 손목에 재는 것이고 한 개는 팔에다 재는 거야.)와 체온계 다섯 개, 시디신 초산염이 들어 있는 커다란 병이 굴러 나오고, 류머티즘용 파스며 티눈 반창고 들이 간 칸에서 팔랑거리며 떨어지고, 고무장갑이며 고무받침, 뜨거운 물을 담아 쓰는 물주머니들이 바닥으로 미끄러져 떨어지고, 이제 안 쓰는 틀니들이 딱딱 소리를 낼 거야.

부엌의 찬장에도 두 번째 칸 양념 통들 사이에 약들이 있었어. 타냐가 해 준 이야기에 따르면 헤드비히 할머니는 골똘히 생각하더니 아스피린 알약 몇 개를 수프에 뿌려 넣었다는 거야. 하지만 잘못 넣었다는 불평을 하지 않았대. 내 짐작으로는 그것은 타냐가 지어낸 말 같아.

헤드비히 할머니의 아들 마르쿠스는 매우 조용한 사람이야. 그는 참을성이 많아. 여동생 유타보다 훨씬 참을성이 많지. 유타는 벌써 스무 살 때 집을 떠났어. 마르쿠스는 어머니가 아프다고 호소하면 불규칙한 간격을 두고 이렇게 말해.

"아, 불쌍한 우리 엄마."

할머니는 그것으로 만족했어. 하지만 마르쿠스는 언제나 어머니가 휴양하러 갈 때가 되기를 기다려. 적어도 삼 주 동안 가 있게 되거든. 때로는 일 년에 삼 주일씩 두 번을 가기도 해. 어머니가 휴양을 가면 아들은 얼마나 마음이 홀가분한지 몰라!

반년 전에는 마르쿠스 역시 집을 떠나고 싶었어.

어머니가 휴양을 하고 있는 동안 마르쿠스는 마침 비어 있는 옆 블록의 집을 보아 두었어. 그리고 어머니가 돌아오면 자신의 결심을 상냥하게 알리려고 했어.

한데 전혀 뜻밖의 일이 벌어졌어. 마르쿠스가 어머니를 휴양소에서 모시러 갔는데, 하마터면 어머니를 다시 알아보지 못할 뻔했단다. 어머니가 더 젊어지고, 상큼해지고, 쌩쌩해 보였거든. 새 옷을 입고 이제까지 한 번도 보지 못한 목걸이를 하고 있었어. 그리고 혼자가 아니었어. 한 노신사가 할머니가 외투를 입는 것을 거들었어. 할머니가 활기차게 아들을 향해 걸어왔어.

"와, 기분이 어떠세요?"

마르쿠스가 물었어.

보통 때라면 할머니는 늘 이렇게 말했지.

"그저 그래."

아니면 슬픈 손짓을 하며 이렇게 말했을 거야.

"뭐 딱히."

그런데 지금은 얼굴을 빛내며 외치는 거야.

"근사해! 새로 태어난 것 같구나!"

할머니는 따라오던 노신사를 향해 몸을 돌리고 말했어.

"내 아들 마르쿠스예요."

그리고 마르쿠스에게 말했어.

"이분은 카를-뤼디거 프롬 씨야. 역시 휴양하러 여기 오셨

단다."

프롬 씨와 마르쿠스는 서로 악수를 했어. 마침 오토바이가 두두거리며 지나가자 헤드비히 할머니는 아들에게 속삭였어.

"저분도 나처럼 오랫동안 건강이 별로 좋지 못했단다."

그러고는 큰 소리로 말했어.

"우린 실내 수영장에서 알게 되었지. 카를-뤼디거는 이 년 전에 아내를 잃었대. 그래서 다정하고 편안한 분위기를 그리워한단다. 그거야 내가 줄 수 있고. 그래서 우리는 결정했어."

그래. 마르쿠스는 어머니의 집에서 이사를 갔고 대신 카를-뤼디거 할아버지가 이사를 왔어. 모두 만족해한단다. 친척들도 모두 이제는 두 사람 집을 방문하는 것을 좋아해. 이제는 부엌 찬장에 양념 통들 사이에 약이 없거든. 욕실 장을 열어도 이제는 아무것도 굴러떨어지거나 날리지 않고. 카를-뤼디거 할아버지의 앞에는 아스피린 수프가 놓이지 않아. 또 누구도 할머니의 목구멍을 들여다볼 필요가 없어. 장식장에는 이제 사기로 만든 여자 무용수들이 놓여 있어. 손녀 타냐가 찾아오면 바닐라 크루아상이 나오고.

헤드비히 할머니와 카를-뤼디거 할아버지 집에서는 더는

카밀러 냄새나 소독제 냄새가 나지 않아. 이제는 말린 장미꽃잎 냄새가 난단다. 허브 오일 냄새는 살짝 나. 이따금 자기 전에 헤드비히 할머니가 카를-뤼디거 할아버지의 등을 허브 오일로 문질러 주기 때문이야. 할아버지 말에 따르자면 이따금 '류머티즘' 때문에 등이 아프대.

헤드비히 할머니는 이제 전혀 아프지 않아. 어떻게 지내시느냐고 사람들이 물으면 눈을 빛내며 대답하지.

"불평할 이유가 없답니다."

또는

"이보다 더 잘 지낼 수는 없을 거예요."

또는 이렇게 말해.

"아주 잘 지내요!"

카를-뤼디거 할아버지와 함께 살고부터 할머니는 다시는 휴양하러 가지 않아.

언젠가 타냐는 카를-뤼디거 할아버지가 낮은 소리로 불평하는 소리를 들었대.

"요즘 난 전혀 잘 지내지 못해……."

그러자 헤드비히 할머니가 할아버지 코에 입을 맞추고 웃으며 말했대.

"불쌍한 사람."

그러고는 할아버지의 등을 허브 오일로 문질러 주었대. 그 다음 함께 텔레비전 앞 소파에 앉아서는 할아버지를 팔로 얼싸안고 함께 아름다운 영화를 보았대. 당연히 해피 엔드로 끝나는 영화였지.

빨간 모자의 할머니

"**빨간** 모자야. 이거, 맛있는 것이 든 선물 상자인데, 값이 꽤 나가는 거야. 이것 좀 숲에 사시는 할머니에게 갖다 드리렴. 오늘 생신이잖니."

여름방학 어느 날 아침 엄마가 말했어.

"전 가고 싶지 않아요. 직접 갖다 주세요. 자동차로 가면 순식간에 갈 수 있잖아요. 전 걸어가야 하고요."

빨간 모자가 대답했어.

"아침 일찍 해야 할 일이 있어서 그래. 그다음엔 미용실에 가야 하고. 어서, 빨리 가거라. 심부름을 다녀오면 줄무늬 탱크톱을 사 줄게. 너 그것 갖고 싶어 했잖니. 그리고 할머니한테 오후에 한 시간 정도 커피 마시러 가겠다고 전해 주렴.

아 참, 꽃집에 가서 꽃다발 사는 것도 있지 마. 20유로를 줄게. 그것으로 충분할 거야."

"길가에서 꽃을 꺾어다 드리는 것이 낫지 않겠어요? 진짜 예쁘고 향기도 좋으니까요."

빨간 모자가 한숨을 쉬며 물었어.

"그것만은 안 돼! 그렇게 하면 할머니가 우리를 야박하다고 생각하실걸. 게다가 대부분의 꽃들은 자연 보호 대상이야. 만약 꽃을 꺾다가 누구한테 들키면 호된 벌을 받을 거야.

자 그럼 어서 가거라. 숲에서 빌을 디딜 때 조심해. 사람들이 밤에 쓰레기를 나무 사이에 던져 놓으니까. 개똥도 있고!"

빨간 모자가 정원 문을 나서는데 엄마가 다시 한 번 뒤에서 외쳤어.

"가는 길에 늑대를 만나거든 잘 봐 두어라. 그 늑대는 시험적으로 우리 지역에서 야생에 풀어 준 뒤 다시 자유롭게 돌아다니게 된 첫 늑대니까."

빨간 모자는 바구니를 들고 엠피스리 플레이어의 이어폰을 귀에 꽂고 집을 나섰어.

우선 꽃가게에 들러 콜롬비아산 온실 패랭이꽃 한 다발을 18 유로를 주고 사고, 남은 돈으로는 간이매점에서 더블콘 아이

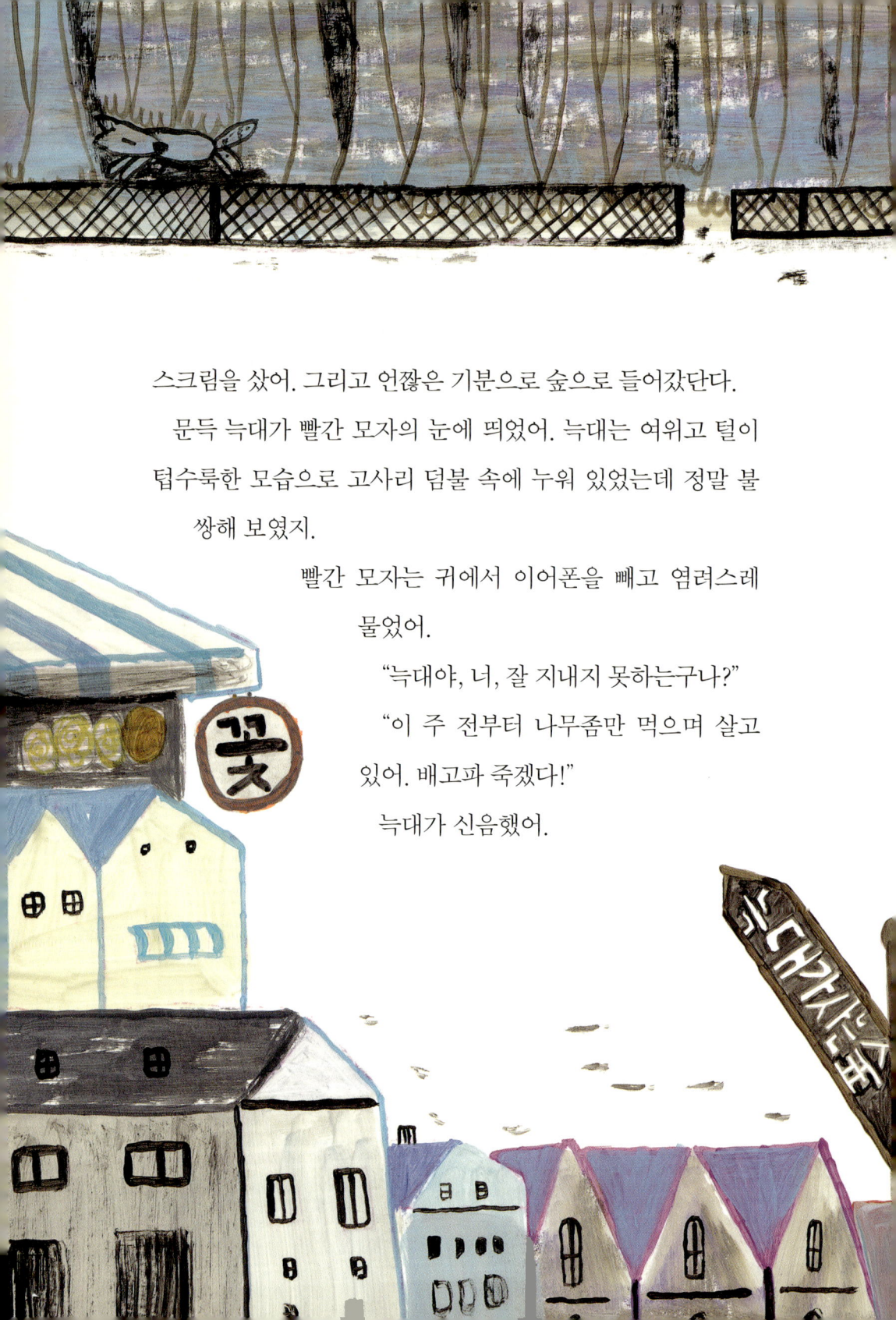

스크림을 샀어. 그리고 언짢은 기분으로 숲으로 들어갔단다.

문득 늑대가 빨간 모자의 눈에 띄었어. 늑대는 여위고 털이 텁수룩한 모습으로 고사리 덤불 속에 누워 있었는데 정말 불쌍해 보였지.

빨간 모자는 귀에서 이어폰을 빼고 염려스레 물었어.

"늑대야, 너, 잘 지내지 못하는구나?"

"이 주 전부터 나무좀만 먹으며 살고 있어. 배고파 죽겠다!"

늑대가 신음했어.

"아 늑대야, 너 죽으면 안 돼! 여기 선물 바구니 속에 살라미 소시지가 있어. 이것을 먹으면 우리 할머니 집까지 갈 힘이 생기지 않을까?"

빨간 모자가 당황해서 말했어.

늑대는 마지막 남은 힘으로 겨우겨우 살라미 소시지를 목안으로 넘기고 빨간 모자를 따라 힘겹게 터덜터덜 걸었어. 마침내 할머니 집에 이르자 늑대는 땀을 얼마나 흘렸는지 몸이 흠뻑 젖었어.

빨간 모자가 초인종을 눌렀어.

"누구세요?"

인터폰에서 할머니의 목소리가 들렸어.

"빨간 모자하고 늑대예요!"

빨간 모자가 대답했어.

삑! 하는 소리와 함께 문이 톡 열렸어. 빨간 모자는 현관으로 들어섰어.

온 집 안에 음악이 왕왕 울리고 있었어. 거실에서 할머니가 매일 오전에 텔레비전에서 방송되는 체조를 따라 하고 있던 참이었거든. 할머니는 몸매가 보기 좋았어. 몸에 딱 달라붙는 운동복을 아무 문제없이 입을 수 있어.

빨간 모자는 할머니가 몸을 뻗쳤다가 구부렸다 하는 모습을 바라보았어. 이윽고 방송이 끝났어. 빨간 모자는 할머니에게 축하를 하면서 꽃과 바구니를 넘겨주었어. 그리고 살라미 소시지가 어떻게 되었는지 이야기한 다음 엄마가 방문하겠다는 말을 전했어.

할머니는 걱정스레 늑대를 살펴보더니 당장 도와주어야 한다는 것을 알아차렸지. 할머니는 급히 평생 친구인 사냥꾼에게 숲에서 나와 집으로 오라고 불렀어. 할머니와 사냥꾼은 손님방 침대 위에 늑대를 눕혔어.

그런 다음 사냥꾼은 지프차를 타고 토끼를 찾으러 떠났어.

아니, 총을 쏘아서는 안 돼. 마침 사냥 금지 기간이었거든. 사냥꾼은 맛집으로 갔어. 이번 주 특별 요리가 헝가리 토끼 요리였거든.

헝가리 토끼 요리는 싸지 않았어. 오히려 그 반대였지. 하지만 어떻게 하겠어? 독일 숲에서 늑대가 없어진 지 그토록 오랜 시간이 흐른 뒤에 혼자 미지의 땅에서 지내는 첫 번째 늑대인데! 그런 늑대를 위해서라면 그 정도야 해 줄 수 있지 않겠니?

늑대는 토끼를 너무너무 맛있게 먹었어. 오후가 되자 늑대는 기력을 회복하여 빨간 모자의 엄마가 오자 커피 탁자에 앉을 수 있을 정도가 되었어. 조금 고약한 냄새도 나고, 몇 번 꺼억 트림도 했지. 게다가 행동이 서툴러 할머니의 귀중한 도자기 세트 가운데 찻잔 받침 하나를 깨고 말았어.

하지만 할머니는 웃으며 단지 이렇게 말했어.

"늑대가 찻잔 받침을 깨 준 사람 있으면 나와 보라고 그래."

그리하여 그날은 모두에게 다 좋게 끝났다는 말씀.

초판 1쇄 | 2012년 3월 20일 발행

글쓴이 | 구드룬 파우제방
그린이 | 정문주
옮긴이 | 김경연

발행인 | 김우석
제작 총괄 | 손장환
책임 편집 | 이정은
편집 | 최은정
마케터 | 공태훈, 신영병, 이진규

디자인 | 큐리어스 권석연, 김수진
인쇄 | 미래프린팅

발행처 | 중앙북스
등록 | 2007년 2월 13일 제2-4561호
주소 | (100-732)서울시 중구 순화동 2-6번지 중앙문화센터빌딩
편집문의 | 02-2000-6324
구입문의 | 1588-0950
팩스 | 02-2000-6174
홈페이지 | www.joongangbooks.co.kr

ⓒ 구드룬 파우제방, 정문주, 2012
ISBN 978-89-278-0302-7 13850